ソウル1964年冬

金承鈺短編集

青柳優子：訳

三一書房

もくじ

本文中に【＊】で示した訳注は、作品の終りに表示しています。

ソウル１９６４年冬

――金承鈺短編集――

青柳優子訳

三一書房

ヤギは力が強い

ヤギは力が強い。でも今朝、ヤギは死んだ。もうぼくんちに強いものは何もない。

ぼくはときどき洪水の夢を見る。今朝もぼくは洪水の夢を見た。黄土色の川の水は沸きたつように泡をたてて恐ろしい音を響かせながら勢いよく流れていた。ぼくは廃墟となった村の川辺に立っていた。前の晩の大雨のために家々は汚い板きれの山となっていて、川音――その重く、一瞬も途切れることなく聞こえてくる音、それに耳を傾けている人は初めは音が止むのを待っているが、その音が音楽や人の泣き声とは違っていて、決していつか止む音ではないことをだんだん確信するようになり、するとそれが生命と意志をもった怪物のように思われて全身に冷や汗が流れる、そんな川音がするからなのか、雨に濡れてまっ黒になった板きれの山はぶるぶる震えていた。ぼくはその音から逃げようとして後ろを向いた。その時、板きれの山の中から「メエー」というヤギの鳴き声がかすかに聞こえてきた。ぼくは板きれの山を掘りかえした。白い毛のヤギの子が一匹、その中にいた。ぼくはそいつを抱き上げた。抱き上げたヤギの子の飼い主が現れないかと四方を見回していると、ヤギの子に気をとられている間は耳に入らなかった恐ろしい川音がぼくを押し流すかのように飛びかかってきた。ぼくはヤギの子を抱いたまま逃げた。その恐ろしい川音、それは音というよりは音の反響とでもいおうか、化け物のようにウォーンウォーンと果てしなくぼくを追いかけてくる。そして、ぼくの胸に抱か

れたヤギの子はぼくを走らせようとするかのように休みなく、きれいに震える声で鳴いていた。ぼくは眠りから覚め、目を開けた。その夢はぼくがうちのヤギを手に入れた時の、まさにその情景だった。

ヤギは力が強い。でも今朝、ヤギは死んだ。もうぼくんちに強いものは何もない。ぼくはときどき洪水の夢を見る。今朝もぼくは洪水の夢を見た。

夢から醒め、ぼくは寝床からがばっとはね起きた。恐ろしい川の水のウォーンウォーンという音と、絶え間ないヤギの悲しい鳴き声は夢から醒めても聞こえていた。

ぼくんちの祖母《ばあ》ちゃんはちょっと耳が遠い。だから、祖母ちゃんは山里で暮らしてもいいし、電車や車がひっきりなしに走る都会の大通りのそばだってそんなに苦にならない。祖母ちゃんは十分この家で暮らす資格がある。でも、ぼくの母ちゃんと姉ちゃんは目も耳もいい。だから、母ちゃんはいつもこう言う。

「ああ、きれいで静かなところに引っ越せたらね！　車の音で死にそうよ」

すると、「私もよ、お母さん」と、姉ちゃんが言う。

ぼくは母ちゃんと姉ちゃんをきれいで静かなところに行かせたいと思う。でも、ぼくはきれいで静かなところがどこにあるのかわからない。ぼくが知ってるきれいで静かなところはうちのクラスの学級委員の家のトイレだけだ。しかし、母ちゃんと姉ちゃんを他人の家のトイレに送るわけにはいかない。ぼくはきれいで静かなところがどこにあるかわからないし、引っ越しをどのようにするのかもわからない。ぼくはうちの前の大通りで車やオートバイ、トラックが家財道具をいっぱい積んで走って

いるのをよく見かける。ぼくが知っている引っ越しはそれだ。家財道具を載せた車がとりわけたくさん通る日には決まって、

「今日は厄日じゃないようだ」と、祖母ちゃんが言う。

「あの車は遠くへ行くの？」と、ぼくは祖母ちゃんに声を張り上げて尋ねる。

「いいや」と祖母ちゃんは、道路から直に家に飛んでくる塵や埃のためにかすれた声で答える。「せいぜいソウル市内だろうよ」

ぼくの耳に聞こえてくる川音は、家のすぐ外の通りを走る車が出す音の混合体であることがだんだん明らかになってきた。ぼくは家の外の通りの方に耳を傾け、じっと横になっていた。いろいろな音が入りまじり、まるで氾濫する川音のようなその音の中で、ぼくは次第にバスの音とタクシーの音とトラックの音と電車の音が聞き分けられるようになった。だがそれでも、ぼくの耳には妙な音が一つ残っていた。それはヤギの悲しい鳴き声だった。うちの裏庭から聞こえてこなくちゃならない鳴き声が通りの方から聞こえてくるのだった。

「うちのヤギの声だね？」と、病気で寝ている母ちゃんが心配そうに言った。ぼくは急いで寝床から早朝の戸外に飛び出した。

ヤギは力が強い。でも今朝、ヤギは死んだ。もうぼくんちに強いものは何もない。ぼくはヤギが死ぬ瞬間までも力が強かったのを見た。

ぼくんちの右手にはブロックを積み上げてつくったちょっと細長い感じの平屋があった。その建物

の大通りに面した側は汚いガラスがはめられた引き戸と大きな看板だけだった。その長い建物は三つに仕切られていて、看板もそれぞれ違う内容だった。そのうちの一つには、茂みをかき分けて進む草色の長くて太い青大将の絵が描かれていた。その看板の家では、引き戸の外の歩道に雨の日以外はいつも火鉢を出していた。その上には漢方薬を煎じる素焼きの壺が置かれ、いつも湯気がもれ出ていた。火鉢は外側が鉄でできていて中は赭土《あかつち》を厚く塗ってつくった大きく高さがあるものだった。その火鉢の中には蛇が呪いの舌をちょろちょろさせているような練炭の小さく青い炎が無数にあった。その炎の上に載せられた素焼きの壺の中には本物の蛇が入っていて、煮えたぎるお湯は蛇をばらばらにして蛇の体内にあった色々な味や養分を吸収していた。まっ青な炎と煮えたぎるお湯、そしてその中でのたうちまわりながら次第に体が溶けてしまう蛇の群れ。だからぼくには、その火鉢全体がぼくの想像できる最悪の地獄だったたし、その火鉢の重さは想像もつかなかった。家の中が見えないように白いペンキが塗られたガラス窓に赤い字で「生蛇湯」と書いてあるその家から、まさに地獄そのもののその火鉢を、ガラス窓の外——家の中に置かないで、ガラス窓の外——通行人が行きかう表通りに出しておく理由も、ぼくにはとても練炭ガスのせいだとは思えなかった。ただその火鉢、地獄の重さに耐えきれないからだとしか思えなかった。

今朝、その火鉢が車道と歩道の境目のところに転がっていた。まっ赤に燃えた練炭は粉々になって路上に散らばり、素焼きの壺にはひびが入り、湯気の立つお湯がそのひびからもれ出して路上に蛇のように這っていた。そして、「生蛇湯」屋の太っちょの爺さんが片手でぼくんちのヤギの首輪をつかみ、細長い木切れを握ったもう片方の手でヤギの頭を殴りつけていた。ヤギはか細い声で鳴いていた。それは鳴き声ではなく、すでに断末魔の呻き声だった。

「うちのヤギです。どうして殴るんですか」と、路上で繰り広げられている地獄絵の張本人である、その爺さんの腕にすがりついてぼくは叫んだ。怒りでぼくは泣き出しそうになった。ぼくは家に走っていって祖母ちゃんを引っ張ってきた。閻魔大王とケンカできるのは、うちの祖母ちゃんだけだった。祖母ちゃんは事の次第を飲み込んだ。祖母ちゃんは悲鳴のような大声を上げて閻魔大王に飛びかかっていった。閻魔大王はヤギを殴るのを止め、祖母ちゃんに立ち向かうために握っていた首輪から手を離すや、ヤギは力なく崩れおちた。ぼくはヤギを抱きしめた。祖母ちゃんと閻魔大王は口ゲンカをはじめた。

「このババア、手綱をしっかりつなぎもしないで、なんで放してたんだ。壺と蛇の代金、支払ってもらおうじゃねえか。ヤギのやつをまた放してみろ、ぶっ殺してやるぞ……」

しかしヤギは、裏庭にある便所がついたバラックの納屋の檻から、ぼくらの知らない間に杭から手綱をするりと外して通りへ飛び出すチャンスを永遠になくしてしまった。すでに息絶えていたのだ。

ヤギは力が強い。でも今朝、ヤギは死んだ。もうぼくんちに強いものは何もない。

髪が白く、口の中には奥歯が三本しか残っていない、耳の遠い祖母ちゃんは声を除けば力が強くなかった。声がいくら大きくても力にはなりえないから、祖母ちゃんはまったく力が強くなかった。横になっている母ちゃんも力が強くなかった。一カ月余り前まで鍾路《チョンノ》の通りを行ったりきたりしながら花売りをしていたが、最後の秋雨が降った日からずっと病気になって布団をかぶっている。そして姉ちゃん――今や母ちゃんの代りに朝の四時に起き、郊外から車で運ばれてくる生花の卸売市場がある清渓路《チョンゲロ》に行き、何種類かの花をかごに入れて家に戻ってくる。それから朝食をつくって食べ、また花かごを頭に載せて鍾路の母ちゃんが座っていたビルの壁の下、ビルとビルの間の路地に向かう姉ちゃんも力が強くなかった。「十七歳なら、ちょっとは力もあるのに……」と祖母ちゃんは言うけど、十七歳が力になるのかどうかはっきりわからない。ぼくが思うに、姉ちゃんもまったく力が強くなかった。そして、夏に激しい風が吹く夜にはぼくんちから離れたいとでもいうように、グァングァンという音をあげてはね上がる、ぼくんちのブリキの屋根も力は強くなかった。また、郊外へ道路の舗装工事に行くブルドーザーが家の前の大通りを通る度にガタガタと震える、ぼくんちの腐りかけた板塀と板のくぐり戸も力が強くなかった。ヤギがそう思いさえしたら、簡単に手綱を外して通りに逃げ出せた杭も力は強くなかった。引き戸の間にあるぼくんちの二つの部屋も、どんなに明るい日でも夜のようにまっ暗なだけなので力が強くなかったし、狭い庭も狭いからか、力が強くなかった。いや、ぼくんち全体が、日が経つほどに背が伸びてゆくレンガの建物にはさまれているために、力は強くなかった。そしてぼく、ぼくも十二歳の力のない、背の低い「まあ、うちの可愛い坊や!」でしかなかった。

ヤギは力が強い。でも今朝、ヤギは死んだ。もうぼくんちに強いものは何もない。力の強いものはすべてぼくんちの外にある。

おじさんはぼくんちに住んでいなかった。だから、おじさんは力が強かった。祖母ちゃんがぼくにおじさんを連れてこいと言った。おじさんは背が低かったが、顎と頬のひげが濃くてワシ鼻で、人と話をする時は小さな目で相手をにらみながら話す。ぼくは、相手をにらみながら話をするおじさんの、その姿がうらやましく思い、ぼくも友だちと話をする時は相手を横目でにらむ。いつかぼくより力の強い子が本当にぼくを横目でにらみながら言った。

「おい、お前、何でオレにガンつけるんだ」

「そんなことないよ」とぼくは言った。「ガンなんか、つけてないよ」

そしてぼくは本当に、その子を横目でにらむのをやめて視線を下に向けてしまった。その時、ぼくは下手におじさんの真似をした自分が恥ずかしかった。

「ヤギが死んだ？　ヤギを葬ってくれっていうんだろ？　わかった」と、おじさんは布団の中でまだ寝ているような顔つきで言った。

「あとで行くからって、祖母ちゃんに言っとけ。チェッ、埋めるなんて、馬鹿な」と、おじさんは目をつぶって横になったまま舌打ちした。

「ちょっと、ぼく、うどん一杯、食べてったら？」と、おばさんが言った。

ぼくは首を振った。おじさんちのラードの臭いがするうどんがぼくは嫌いだった。それは本当にむかつく臭いだった。でも、背負子で荷物を運ぶおじさんたちは、そのおぞましい臭いのうどんをおいしそうに食べるのだった。背負子で荷物を運ぶおじさんたちは力が強い。たぶん、そのラードの臭いがするうどんを食べるからかもしれない。しかし、ぼくは本当にその臭いが嫌いだ。ぼくはラードの臭いがする通りを歩く時はいつも駆け足になる。しかし、ぼくはたくさんの通りを駆け足で行かなければならない。ソウルにはラードの臭いのする通りがあまりにも多いと思う。だけど、ぼくのラードの臭いに対する嫌悪感の中にはうらやましさも混じっている。ラードを食べることができれば力が強くなるかもしれないという思いが、いつもぼくの頭の片隅にあるからだ。

ヤギは力が強い。でも、数日前にヤギは死んだ。もうぼくんちに強いものは何もない。力の強いものはみんなぼくんちの外にある。おじさんはぼくんちの外で暮らしている。だから、おじさんは力が強い。力の弱い人は、力の強い人に服従するしかない。

「馬鹿みたいに、ヤギをどうして埋めるんですか。それを利用したらどうです？　花売りよりはずっとマシですよ」と、おじさんは言った。

祖母ちゃんも、病に伏している母ちゃんもおじさんの意見にうなずいた。なぜかぼくは、祖母ちゃんと母ちゃんがうなずいているのにはらはらした。ふと、うなずいてはいけないと思ったが、おじさんの意見が目に見える仕事やモノとして現れはじめると、お節句の日のように浮かれた。庭の甕置き場の脇に大きな釜が据えられた。うちの死んだ力の強いヤギが毛をむしられていくつかの塊に切断され、その釜の中に入れられた。台所に食器が増えて姉ちゃんは寒い日にもかかわらず、額から汗が噴き出すほど、食器の間で走り回らなければならない。母ちゃんは向かいの内科病院のマッチ箱のような入院室に移り、その入院室のぼくんちの方に向いた壁ばかり眺めながら横たわっている。祖母ちゃんはちょいちょい叫ばないわけにはいかない。

「えっ、何ですって？　私は耳が遠いもんですから。えっ、ツケにしてくれって。ダメですよ、ダメ。健康になるために肉汁を食べといて、ツケにしてくれだなんて、話になりませんよ」

ときどきぼくは、力なく腐っていくぼくんちの板塀と板のくぐり戸に、「精力補強　ヤギ湯」という宣伝を紙に書いては貼りつける。ヤギの肉汁からはラードよりもっとひどい臭いがした。初めの数日間、ぼくは日に一回、家族に知られないように裏庭にある便所に行って吐いた。しかし、そのひどい臭いは次第に広がっていって庭を覆い、板の間を占領して二つの部屋に充満し、ついに今は空っぽの裏庭のヤギの檻も満たしてしまった。壁からも布団からも姉ちゃんの服からも祖母ちゃんの髪の毛からも臭いがして、夜遅く戸締りをした後、祖母ちゃんと姉ちゃんとぼくが指につばをつけて一枚一枚数えるお金からもその臭いがした。

「うわっ、ラードの臭い！」と言いながら内科病院のニキビ面の看護師は、ぼくが母ちゃんに会うために病院に入ると、手の平で鼻をふさいだ。

「ラードの臭いって、あんまり良くないねえ」と、母ちゃんもその白く皮だけになった手でぼくの背中をさすりながら言った。もうその臭いはぼくをも覆ってしまった。今ではぼくはその臭いが好きでもないし、嫌いでもない。


ヤギは力が強い。でも、うちのヤギは半月ほど前に死んでしまった。もうぼくんちに強いものは何もない。力の強いものはみんなぼくんちの外にある。ヤギの肉汁を食べにくる人々はみんなぼくんちの外からうちに入ってきた。だから、その人たちは精気があって力が強い。

精気があって力が強い人たちはヤギ一頭を三日で食べてしまう。

「冬は何と言ってもヤギの肉汁が一番なんだ。どんぶり一杯食べたら、顔に赤味がさして股ぐらがあったかくなるんだ」と、客の一人が言う。

「最近、お前んとこの母ちゃん、頬っぺたがげっそりしてたなあ」と、他の人が言う。

「なんだ、お前。やっぱり母ちゃんもときどき連れてきて、こいつを食わせてやらなくちゃ」

「町内が騒がしくなるなあ」

彼らはわかるような、わからないような話をしながら大声で笑う。ぼくは彼らがもう少し体力があってヤギを毎日一頭ずつ腹に入れてくれるのを願った。

「焼酎、ないの?」と、ある客が言った。「ばあさん、ちょっとお酒もおいてよ」と、その客が叫んだ。大勢の客がお酒を求めた。

「お客さんがお酒を出せと言ってるの」と、ぼくは母ちゃんの夕食をかごに入れて病院に行った時、母ちゃんに話した。

「それはダメよ。お酒は出しちゃいけないって、必ずお祖母さんにそう伝えなさい」と、母ちゃんは手まで振って怒ったように言った。ぼくは本当にその通りだと思った。ぼくが祖母ちゃんに言った。

「母ちゃんがお酒は絶対に出しちゃいけないって言ってた」

「わかってるよ、その通りだよ。お酒は出しちゃいけない。お前は母ちゃんにこれからそんな話はしちゃいけないよ。母ちゃんの病気がひどくなるからね」と、祖母ちゃんは言った。

でも、祖母ちゃんは小さな青い酒瓶を台所の棚に並べて客にお酒を売る。ぼくは、祖母ちゃんと母ちゃんがまるで喧嘩でもはじめるようで悲しかった。ぼくは母ちゃんにお酒を売っていることは言わなかった。ぼくの胸にとどめておくことにした。

「お得意さんが少しはできた？」と、母ちゃんがぼくに尋ねた。

「少しずつ増えているみたい」と、ぼくが答えた。

「商売しようと思ったら、お得意さんを大勢確保しなくちゃならないのよ」と、母ちゃんはぼくの手を撫でながら言った。

「光化門《クァンファムン》で花を売ってた時、お得意さんが随分いたのよ。その中で毎日のようにうちの花を買ってくれる人がいたの。私が座っていたとこは銀行の前だったんだけど、その人はその銀行で働いている若い男性だった。髪をきれいになでつけて、丸いメガネをかけた人だった……」

「母ちゃん、ぼくも一度その人を見たよ」と、ぼくが言った。

「いつだったかな、ぼくが母ちゃんのところに学級費をもらいに行った時、その人がぼくたちの前を通り過ぎながら、母ちゃんにお辞儀をしたじゃない？　その時母ちゃんが、あの人がうちの花をたくさん買ってくれるって言ったじゃないか」

「そんなこと、あった？」と、母ちゃんは言った。

「そうだったかもしれない、私の前を通りすぎる時はいつも挨拶してくれたから。私が一度尋ねたの。花を毎日のように買っていってどうするのって。そしたら、自分の婚約者は花がとても好きなんだって言うじゃない」

「婚約者って、若い女の人でしょ？」

「そうよ。結婚を約束した人という意味よ、私もあの人の婚約者に会ったことがあるのよ。とてもきれいでスラリとした女の人だったわ。一度、あの人のお使いで喫茶店に婚約者に会いに行ったことがあった！　約束したけど、あの人に急用ができちゃって、私が頼まれて女の人のところに行ったのよ。一時間ほど待って欲しいそうだって私が伝えたら、女の人がにっこり笑ってね、おばさん、何時間でもお待ちしますと伝えてくださいい、って言ったのよ。本当にいい人たちだった」

ヤギは力が強い。ヤギは死んでも力が強い。釜の中でゆでられるヤギも力が強い。ひげがまっ黒で皮膚がまっ黒で胸が広くて背が高く、手が大きい男たちも、釜の中のヤギに引っ張られてぼくんちにやってくる。ヤギは荒々しく見える人だけをわざわざ選んでぼくんちに引きずり込むほど力が強い。

ぼくんちのくぐり戸から二十歩ほど離れたところにバス停がある。一人の男がいつもそこに立っている。その男はどんなバスがきても乗らない。男はただいつもそこに立ち、バスの女車掌が差し出す紙切れに何かを書きつけているだけだ。その男はバス会社から派遣された人で、運転手が会社で定めた時間をちゃんと守っているかどうか調査にきているという。四十歳ぐらいの男だ。防寒帽を被って古いオーバーを着、厚くて大きな皮手袋をしている。あぐら鼻に細い顎、ぶ厚い口唇はバナナほどもある。その男もうちの常連客だ。今では肉汁を食べなくても暇があるとうちにやってきて、火にあたりながら祖母ちゃんと大声で話している。

「おばあさん、おじいさんはいつ亡くなられたんです？」と、その男は声を張り上げて尋ね、くすくす笑う。

「年寄りをからかうと、死んでから地獄へ行くよ」と、祖母ちゃんが叫ぶ。

「お酒を一杯ちょうだいよ」と、その男が叫ぶ。

「酒代を払ってくれたら、出すよ」と祖母ちゃん。

「ああ、給料が出たら必ず払いますよ。焼酎一杯、ちょっと温めてよ」

「イーさんは酒好きにもほどがある。酒で身をもち崩すよ」と言いながら、祖母ちゃんはお酒を出す。ぼくはその男が気に入らない。でも、その男はぼくがかわいいのか、ときどきぼくの頭をげんこつでコツンと叩いてヒッヒッと笑う。ぼくの姉ちゃんのお尻を手の平でパシッと叩いたりもする。そんな時、姉ちゃんは手に持っていたもの、例えば水の入ったひしゃくやお玉、練炭の鋏《やっとこ》をその男に投げつけて叫ぶ。

「お願い、そんなこと、しないでよ」

すると男は、全身びっしょり濡れても平気でヒッヒッと笑って、

「ソンちゃん、お前の仲人はオレがやってやるよ」と言う。

雪がたくさん降り、うちの前の通りを車がタイヤにチェーンを巻きつけてズルズルと走っていた日、ぼくは裏庭の戸のない納屋――うちのヤギがいた時はヤギの檻に使っていたところに行った。そこに練炭をとりに行った姉ちゃんが戻ってこないので、練炭をとりに行ったのだ。ぼくは戸のない納屋の前で急に体がブルブル震えて動けなくなった。かますを戸の代わりに立てかけた納屋の中からキィキィという恐ろしい音が聞こえてきたからだ。「大丈夫さ、おとなしくしな、ああ、可愛いなあ、さあ、さあ……」という太くて低い男の声が聞こえ、止まり木で鶏がネズミを見て驚き、羽をバタバタさせるような音も聞こえてきた。ぼくは姉ちゃんに大変なことが起きていると直感した。だ

が、怖くて体を動かすことができなかった。しばらくして、ようやく体を動かしてかますと入口の柱の間から中をのぞいて見た。バス停の男が下半身を半分ほどむき出しにしたまま、片手で姉ちゃんの口を押さえつけ、姉ちゃんの体の上に覆いかぶさっていた。姉ちゃんの足が力なく空を蹴っていた。ぼくはどうしていいかわからなかった。祖母ちゃんに知らせなければということしか思い浮かばず、家に駆けこんだ。祖母ちゃんはたった今出ていった客たちが座っていたテーブルを布巾でふいていた。ぼくは祖母ちゃんに早く知らせなければという気持ちとは反対に、どうしても口が開かなかった。のどが熱くなるばかりだった。結局、何も言えずに板の間の方に出てしまった。その時、バス停の男がうちの角を回って出ていくところだった。ぼくはありったけの力を両目に集めてそいつをにらんだ。そいつは血管の浮き出た目を妙に細めてニヤッと笑い、黙って門の外へ出ていった。ぼくは納屋に走っていった。姉ちゃんは汚い稲わらの中に頭を埋め、肩を震わせて泣いていた。姉ちゃんのスカートが少しめくれ上がり、露わになった白い太股に血が少しついていた。

「姉ちゃん！」と、ぼくは大声で叫んだ。

姉ちゃんはハッとしたように顔を上げてぼくを見た。顔中涙に濡れていた。姉ちゃんはぼくの脚をそっと抱き、また声を殺して泣いた。アイツはその後もずうずうしくうちに出入りした。毎日一、四回ずつ立ち寄った。アイツが門の辺りに姿を見せると、姉ちゃんはすぐに台所に駆け込んで、アイツがまた門の外に出て行くまで外に出なかった。ぼくは姉ちゃんとの約束通り、祖母ちゃんにも、病院にいる母ちゃんにも、その話はしなかった。ぼくと姉ちゃんはときどき二人っきりになると、アイツをどうやって殺してやろうかと小声で話しあった。だが、その方法はまったく思いつかなかった。

ヤギは力が強い。ヤギは死んでも力が強い。釜の中でゆでられるヤギも力が強い。ひげがまっ黒で皮膚がまっ黒で胸が広くて背が高く、手が大きい男たちも、釜の中のヤギに引っ張られてぼくんちにやってくる。ヤギは荒々しく見える人だけをわざわざ選んでぼくんちに引きずり込む。

その人は背も低く、荒々しくは見えなかったが、力が強いようだった。その人と一緒にきた黒い制服の警官より力が強そうだった。どうしてヤギがそんな男までうちに引っ張りこんだのかわからない。ヤギはよっぽど力自慢をしたかったようだ。その人が祖母ちゃんに言った。

「許可もとらずに営業したらどうなるか、本当に知らなかったと言うのかね」

祖母ちゃんはぶるぶる震えながら言った。

「知らなかったんです。本当に知りませんでした。許可をどうやってもらうのかも知りませんでした」

姉ちゃんは台所でぶるぶる震え、ぼくは部屋の中で布団を被って震えていた。

「誰がこの家の主なんだい？」と、警官が言った。

「うちの嫁が主です。私も主で……」

「お嫁さんはどこにいるんです？」と、警官が言った。

「病気になって、この向かいの病院に入院しています」

「男はいないんですか」、警官が言った。

「もちろん、いますよ」

「どこにいるんですか」

祖母ちゃんが部屋の中に隠れているぼくを呼んだ。ぼくは怖けづいてふらふらと板の間へ出て行った。

「成人の男ですよ、大人の」、税務署からきた人が祖母ちゃんの耳に向かって叫んだ。

「大人はいません。戦争でみんな死にました」と、祖母ちゃんが涙ぐみながら答えた。

「お嫁さんのところへ行きましょう」、警官が言った。

「うちの嫁は何も知りません。どうか、お願いします。うちの嫁が死んでしまいます。嫁のところへは行かないで下さい」

祖母ちゃんが手をこすりながら言った。二人の男は何かこそこそ話していた。そして、警官が祖母ちゃんに言った。

「今日から、直ちに営業をやめなさい、おばあさん。そうしないと、刑務所行きですよ。どうしても商売したいなら、区役所に行って許可をとらなければなりません。わかりましたか！　おばあさん」

祖母ちゃんは何度もうなずきながら答えた。

「わかりました。お役人様」

二人は帰っていった。姉ちゃんとぼくは病院の母ちゃんのところに駆けつけた。

「私たちがいけなかったのよ」と、母ちゃんが言った。

「もうやめます、お母さん。あんな商売はもうやめます」と言いながら、姉ちゃんは母ちゃんの膝に顔を埋めて泣いた。

「怖いわ。怖くてたまらない」と、姉ちゃんが言った。

「生きるって大変なことなの」と、力なく母ちゃんが言った。ぼくは何も言わなかった。祖母ちゃんがぼくをおじさんのところに行かせた。

おじさんは言った。

「税金払って商売やるなら、値段をうんと上げなくちゃならない。値段がうんと上がったら、そんなもの、誰が食べにくる？　警官の話なんか、聞かなかったふりをして、今まで通りつづけろって、おばあさんに伝えろ」

しかし、ぼくたちはおじさんの言葉に従うわけにはいかなかった。ぼくたちは店をたたんだ。母ちゃんはまだ完全に回復していない体で家に戻った。姉ちゃんが夜明けの四時に起きて清渓路に行き、花を仕入れてきた。姉ちゃんは朝から花かごを持って鍾路に出て行き、母ちゃんは午後に姉ちゃんより小さな花かごを持って小公洞《ソゴンドン》の方へ出て行った。

ヤギは力が強い。死んでしまったヤギも力が強い。病気の母ちゃんを小公洞の方へ押しやるほど力が強い。

ぼくは学校の授業が終わると小公洞へ行く。母ちゃんの脇に座って本を読む。本を読んでいて飽きてきたら、鍾路にいる姉ちゃんのところに行く。姉ちゃんは、自分の脇に座っている飴売りのおばさんから飴玉を一つもらってぼくにくれる。ある日、姉ちゃんが言った。

「アイツ、お昼に私を訪ねてきたの」

姉ちゃんの声は恐ろしさで震えているようだった。

「何て言ったの？」と、ぼくが尋ねた。

「私は何も言わなかった。すまないって、私に言うじゃない！」

「それで？」

「何も言わなかったわ。そしたら私に、お昼をおごるから、ついてこいって」

「それで？」

「私は行かなかった」

「それで正解」と、ぼくが言った。「アイツ、そのまま帰った？」

「うん、そのまま帰った」

「姉ちゃん、怖いだろ？」

「うん」と、姉ちゃんはぼくの手をぎゅっと握って言った。

「ぼくにピストルがあったら、アイツを殺っちまうんだが……」

「そしたら、刑務所行きになっちゃうから、それはダメ」と、姉ちゃんは心配そうな目つきでぼくを見ながら言った。

ところが、姉ちゃんは嘘をついていた。ある日曜日の午後、ぼくは姉ちゃんを訪ねていった。いつも座っていた席に姉ちゃんの姿が見えなかった。飴売りのおばさんに尋ねてみたが、どこへ行ったのか知らないと、おばさんは答えた。ぼくは鍾路二街から東大門《トンデムン》までゆっくり歩きながら姉ちゃんを探した。露店商の間を探したが、南京豆売りが一番多いという事実しか発見できなかった。建物と建物の間の狭くて汚い路地裏もみんな探したが、その路地裏には「旅館」という看板が一番多いという以外は発見できなかった。東大門の先へは行くはずがなかった。そっちには花が買える人はいないのだ。それでもひょっとしたらと思って、ぼくは交通整理の警官の目を盗んで東大門の鉄柵をのり越えて石段を上り、崇仁洞《スンインドン》側の道とソウル運動場側の道を見下ろした。人があまりにも多くて何も見えない状態だった。東大門の建物の中の陰気な板の間にはお化けが隠れているような感じがして気になった。

「コラッ！」と城壁の下で誰かが叫んだ。見下ろすと、交通警官がぼくに下りてこいと手招きしていた。ぼくは恐くなって他の方から逃げられないかと四方を見回した。

「早く下りてこないか」と、警官が再び怒鳴った。逃げ道はどこにもなかった。ぼくはガタガタ震える脚をやっとのことで動かして下りていった。警官がビンタを喰らわせた。目から火が出て目の前がまっ暗になり、小便をちびってしまった。

「この野郎、気は確かか？　二度と上るな、わかったな」と、警官が言った。

「はい」と、ぼくは泣き出しそうになって唇を噛み、ようやく答えた。

「もう一度、大きな声で答えろ。わかったか？」

「はいっ」

東大門まできた道を再び戻っていきながら道端を探したが、姉ちゃんはどこにもいなかった。かえって先に光化門の方へ行けばよかったと思いながらも、ぼくは一生懸命左右を見回した。パゴダ公園の前にきた時、ぼくは道の向こう側に姉ちゃんのような女の人を見つけた。止まってよく見ると、間違いなくぼくの姉ちゃんだった。でも驚いたことに、姉ちゃんの脇にはアイツがくっついていて、姉ちゃんと並んで歩いていた。姉ちゃんの花かごはどこにあるのか見えなかった。姉ちゃんは少しうつむいて道路を見下ろしながら歩き、アイツはまるで自分の娘でも連れているような傲慢な態度で歩いていた。ぼくは、二人がもしかしてぼくを見つけるかも知れないと思い、すぐにパゴダ公園の中に駆けこんだ。そして、鉄柵の間から道の向こう側の二人をながめた。アイツが姉ちゃんに何か話しているようだった。驚いたことに、姉ちゃんは笑顔でアイツに何か話していた。二人の姿は建物に遮られてぼくの視野の外に行ってしまった。ぼくは鉄柵に額をあてたまま、長い間じっと立っていた。鉄柵はひどく冷たくて、ぼくの額はすぐに冷たくなってしまった。それからぼくはのろのろと公園の外へ出た。通りのどこにも二人の姿はなかった。ぼくはがっくりとうなだれて、しきりにこみあげてくる涙を握り拳で拭いながらゆっくりと歩いた。ぼくの胸が恐ろしいほど早鐘を打っているのがわかった。

「チョンミン！」と、姉ちゃんがぼくの名前を呼ぶ声が聞こえた。姉ちゃんの声であることはすぐにわかった。顔を上げると、姉ちゃんは飴売りのおばさんの脇で花かごを置いて座り、平然としてぼくを呼んでいたのだ。ぼくは、いつだったかアイツに向かってそうしたように、全身の力を目に集めて口をぎゅっとつぐみ、姉ちゃんを睨みつけて立っていた。姉ちゃんの顔が蒼白になり、すばやく席から立ち上がった。そして、ぼくのところに早足でやってきて言った。

「ちょっと、どうしたの？」

姉ちゃんの口からチャヂャン麺の臭いが漂ってきた。

「不潔だ」と、ぼくは言った。「汚い、あっちへ行け！」

姉ちゃんが両手で痛いほどぼくの両肩を押さえつけた。

「何でもないの。私も就職するのよ」

姉ちゃんの声は震えていた。ぼくは力いっぱい肩を揺すって姉ちゃんの手を振りはらった。そして、人々の間を足早に歩いた。

姉ちゃんが乗ったバスが初めてうちの前を通る日、ぼくは家の前の道で姉ちゃんのバスがくるのを待っていた。祖母ちゃんもくぐり戸を開けて外に出てきて「まだこないのかい？」と、ぼくに尋ねた。

「まだだよ」とぼくが答えると、祖母ちゃんはまた家の中に入っていき、それからいくらも経たずにまた出てきて、「まだこないのかい？」と言うのだ。

何も知らない祖母ちゃんは、いつもバス停に立っているアイツに「ありがとうね、イーさん！」と言うけど、ぼくはアイツの顔なんか見たくもない。ぼくはうちのヤギのことを考えてみる。あのヤギはすごく力が強かった。あのヤギが死んでしまったので、ぼくんちには強いものは何もない。でも、ヤギは死んでも力が強い。とにかく、姉ちゃんを強くしてくれた。姉ちゃんが乗った路線バスが通りの向こうに現われた。ぼくの胸は急に高鳴った。どんなに抑えようとしても顔が火照った。ぼくは道端に立っているのがつらくなり、家の中へ駆けこんだ。

「祖母ちゃん」と、ぼくは中に向かって大声で叫んだ。

「姉ちゃんのバスがきたよ、早く、早く」

祖母ちゃんは奥歯三本しか残っていない凹んだ口に笑みをたたえ、急いで飛び出してきた。ぼくと祖母ちゃんは腐っていくうちの板塀の間からのぞき見た。ピンクのバスがうちの前の通りをブルンブルンと音を立てて通り過ぎた。窓越しに姉ちゃんが乗客に向かって何か言いながら手を振っているのが見えた。

「チョンミン!」と、祖母ちゃんがぼくに言った。小声で言おうとしたようだったが、耳の遠い祖母ちゃんの声にはいつも力がこもる。

「祖母ちゃん!」と、ぼくもつぶやいた。姉ちゃんのバスが残していった青味がかった煙が路上に漂っていた。

(一九六六年)

乾《けん》

昨夜、山に潜んでいたパルチザンの襲撃で、夜が明けてみると市街地はめちゃくちゃに破壊されていた。外の様子を見てきた父は、幸いにも市の防衛隊が前線部隊にも劣らぬ装備と人員を備えていたので、日の出の頃にはパルチザンは山へ逃げかえったが、それでも街は途方もない被害を被ったと、ひどく興奮した口ぶりで兄と僕に話してくれた。

僕の家は比較的高台にあったので、四方が山に囲まれた、さほど大きくない市街地のほぼ全域を見下すことができた。市内のあちこちにはまだ燃えている建物が見え、すっかり焼け落ちた空地からは時おり青い煙が霧のように立ち上っているのも見えた。毎朝起きるとすぐに庭先へ出て眺めていた市の中心部にある市立病院は、朝日を浴びて金色に輝くガラス窓がきらびやかな王宮を思わせていたが、その優雅な姿もその日の朝は消えてなくなり、燃えそこないの炭の塊になっていた。市立病院よりやや北側にある防衛隊本部は今も燃えつづけ、消防車二台が消火にあたっているのが見えた。市内には二台の消防車しかないから、すべての消防施設が防衛隊本部に集結したといえる。

防衛隊本部はかつてある大金持が住んでいたお屋敷で、広さも広さだが、とにかく木が多いので、遠くから見るとまるでこんもりとした森の公園のような感じがする美しいところだった。

一昨年、朝鮮戦争が勃発して北の人民軍が進駐してきた時、人民軍は軍事本部にして様々な施設を設けた。人民軍が追い払われた後に市の防衛隊が組織され、その本部がそこに置かれて使われるようになった。ただ朝鮮戦争以前、その家は住む人がいない朽ち果てた空き家でしかなく、僕ら子どもにとっては格好の遊び場だった。何せ、町の子ども全員が入って遊んでも狭さを感じないほどで、単に広いだけでなく、色々と楽しませてくれるところだった。干上がった池には怪石があちこちにあって、体の小さい僕が入って隠れられるほどの洞窟の類もいくつか作られていた。さらに、戸を開けるとまた戸があり、その戸を開けるとまた戸がある、そんな五枚の戸が様々な色でぬり飾られた、淡い灰色のバカでかい倉庫もあった。また、風が吹いても中に立てたろうそくが消えないという背の高い石灯籠が西洋人のように立っていた。しかし何よりも僕が一番忘れられないのは、その頃はすでに腐りかけていた畳が敷かれた広い奥の間だった。いや、その奥の間よりも奥の間の床下に作られた地下室だ。その奥の間の東側の壁際に敷かれた畳を一枚めくると板の間が現れ、その床には上げ板があって、それをとり外すとその下に現れるのがうす暗い地下室だった。

ああ、その地下室に一日中入り浸って僕らはどんなに胸をときめかせて遊んだことか。子どもの中で絵が一番うまかった僕がクレヨンでその地下室の白壁に絵を描くと、ある子がろうそくのかけらに火を灯し、僕が手を動かす方向を照らしてくれた。他の子どもは羨ましさと感嘆の目差しで僕が描く絵を眺め、その絵からたくさんの物語を引っ張り出してはおしゃべりし、騒ぎあった。そして、その絵を自分たちが描いたように大切にし、他の村の子どもまで連れてきて自慢したりした。中でもミヨンという女の子は忘れられない。僕にクレヨンを持ってきてくれ、学校では鉛筆やキャップを分けてくれたミヨン。一年生のいつだったたか、なぜか、二人だけでその地下室にとり残されたことがあった。その時、僕は自分でも思いがけず急にミヨンをギュッと抱きしめてしまった。すると、ミヨンはびっくりしてわっと泣き出した。オロオロした僕がすぐに手を放すと、不意に彼女は持っていた白いクレヨンを——確かに白だった——差し出し、きれいな花を描いてみて、と言うのだ。白壁に白色のクレヨンでどんな絵を描けというのか、今度は僕がうろたえてしまった。両頬が際立って赤かったミヨンも、今はいない。一昨年の朝鮮戦争の時、避難するためはるか遠くの日本へ行ってしまい、いまだに帰ってこないのだ。ミヨンの家は僕の家のすぐ近くにあるが、今はその家の門に「売家」と書かれた汚い紙切れが貼られた空き家になっていた。

いつの日か防衛隊も撤収したら、その時はまたあの地下室の壁の絵の前に立ってみようと心に決めていたので、その日の朝、僕は絶望めいたものを感じないわけにはいかなかった。

実際はそうじゃなかったが、僕には街全体が青い濃霧の中に沈んでいるように感じられた。その上を淡い陽射しが撫でていて、あれほど騒々しかった昨夜の銃声、手榴弾の炸裂する音、野砲の音などが、さらには今朝の無残な街の風景までも昔日の微かな記憶にすぎないように思われた。ただ、今まで感じなかったが、急にこの盆地の都市に秋が訪れ、すべてが色褪せてしまったという気がした。確かに深い秋だった。

父は朝ごはんを食べながら、アカどもが山で冬篭りするための物資を略奪しようと、大胆にもこの街まで襲撃してきたのだと説明してくれた。兄は、それにしても何だって昨日の晩だったんだ、と不平を言った。高校二年生の兄はすでに何週間も前から、友だちと一緒に南海岸に無銭旅行に出かける計画を立てていた。まさに今日がその出発予定日だったので、兄が文句を言うのも当然だった。薄暗い兄の部屋にごろごろとたむろしていた兄の友だちが面映ゆいジェスチャーを交えて、おお、輝く南海よ、とか何とか言いながらとても熱心に計画を立ててきたのを、僕は知っていた。

「兄ちゃん、本当に一文無しで旅行するの？」

と、僕が尋ねると

「そうだよ、青年の夢はどこにでも旅していくことなんだ。でも、お前のような痩せっぽちには、どんなに大人になっても、こんなことはできないだろうな。あっちの部屋でヤギの絵でも描いてろよ。さあ、行った、行った」

と言って僕を追っ払い、自分たちだけでヒソヒソと話しているのだった。

兄は、パルチザンの襲撃があったのでもっと厳重な警備になるだろう、そうなると、やはり長距離旅行はできなくなると心配していた。父は、ドラ息子め、そんなことはハナから考えるなと何度も言ったのに、やめないからアカが下りてきたんだ、と途方もない理屈で兄の機嫌をもっとそこねた。

学校に行けば、昨夜のことで面白い話がたくさんあるだろう。僕にはもうクラスの子らが息もつかずにしゃべりたてるのが見えるようで胸がわくわくした。僕は急いで教科書をかばんに入れ、坂道を一目散に駆け下りていった。駆けていく途中の曲がり角で、僕はユニ姉さんに出くわした。

「あんたの家、大丈夫だった？」

と、姉さんが先に声をかけてくれた。僕はうなずいた。女子高の制服ではなく、韓国服姿のユニ姉さんを道端で見るのは初めてだった。僕の家の隣に住んでいるので「姉さん」と呼んでいたが、実は赤の他人だ。いつだったか芯がすごく太い４Ｂの図画用鉛筆を姉さんからもらったことがある。でも、それを学校で盗まれてしまったので、姉さんと会うたびに何だか罪を犯した気分になり、僕は肩身の狭い思いをしていた。だがその朝、僕が姉さんの前でおずおずしたのは、そんな罪悪感のためではない。悲しいまでに急に訪れた秋の気配の中で、ユニ姉さんがその韓国服姿のせいで水が蒸発するようにすうっとどこかに飛んでいってしまいそうに思われてならなかったから。

「うちの親戚も、幸い、みんな無事だったわ」

ユニ姉さんはにっこり笑いながら、快活に話した。親戚の家に安否確認に行って、家に帰る途中のようだった。姉さんはまだ大人になりきってはいなかったが、家族と言えばお母さんと僕より年下の妹との三人暮らしだったので、家では結構大人ぶっていた。

僕も姉さんにつられて笑いながら、もう一度うなずいた。すると、姉さんはとんでもないニュースを教えてくれたのだ。

「アカが一人、死んだの、知ってる?」

それも、僕らがその時立ち話している所からさほど遠くない場所にあるレンガ工場に、銃撃されて死んだパルチザンの死体が転がっているというのだ。僕はしばらく黙っていたが、

「見たの?」

と、僕は自分で考えても哀れなほど自信のない声で、まるでなじるように姉さんに尋ねた。

「ええ」

姉さんの返事は短かったので、僕はその話が本当だと思った。

うつぶせて死んでいるパルチザンの死体。自分の目で見てはいないが、僕にはそれがはっきりと見

えるようだった。すると、昨夜の引き裂かれるような轟音と興奮を覆いつくして訪れた今朝の異常なまでの静けさは、受け流してもいい悪夢のようなものではなく、銃撃戦のすべてが生々しく想像できるパルチザンの死体を僕にあえて残すためのものだった、という現実感が蠢いた。

「あんた、行ってみる?」

ユニ姉さんは気遣わしげな目差しで僕に尋ねた。僕はちょっと顔を上げて姉さんを見ていた。きれいな鼻先に玉のような汗が吹き出ていた。僕はすぐに視線をそらし、

「それ……面白い?」

と、わざと野卑な口調で問い返した。

「ええ、面白いわ」

姉さんは明らかにうっかり、そう答えてしまった。僕はプッと吹き出した。姉さんもきまり悪そうに笑った。

「行くね」

と、僕は姉さんに言ってから、さっきよりちょっとスピードを上げてまっすぐ学校へと駆けていった。姉さんに教えられたからといって、すぐに死体があるレンガ工場へ駆けていくのは何となく照れくさかったからだ。だがそれ以上に、その時僕の胸をえぐりながら侵入してくる現実感を時間を引き延ばして少しずつ味わおうという計算から、僕はまっすぐ学校をめざしたのだ。かばんの中で筆箱がカタカタなる音を耳にしながら、僕は全力で駆けていった。

校門に着いた時、息切れして喉がひりひりした。予想通り、クラスの子どもたちは教室の外で壁に

もたれて日向ぼっこをしながら、昨夜起きた事件についてあれこれ話しあっていた。中には、靴入れの袋一杯に薬莢を拾い集めて自慢している子もいた。全員が薬莢をいくつか握りしめていた。

市立病院の近くに住む同級生の一人は、市立病院が炎に包まれた時、自分の家にも火が燃え移ってきそうで家財道具を外へ運び出したが、自分も一役買って出て一人で米一俵を運び出したと、どう見てもウソ混じりの話をしていた。切羽詰まると自分でもわからない力が湧き上がるのだと、ひどく大人びた口調だった。その話を聞いていたら突然、焼け落ちた市立病院が見たくなった。いや、本当のことを言えば、防衛隊本部であるあのお屋敷、僕が今よりずっと子どもの頃に、僕の王宮だったあのお屋敷の焼け落ちた姿を見てみたかった。でも、それが惨めな姿に変わり果てた今となっては、そこに行ってみる勇気がなかったから市立病院の方を選んだのだ。僕はその子に廃墟と化した市立病院を一緒に見に行こうと指切りした。午後にその子の家に行くことにしてから、僕は周りの子どもをゆっくりと見回し、隠しておきたい思いが強かった僕の重大ニュースを厳粛な声で切り出した。正直な気持ちとしては、そのニュースは僕一人の胸にしまっておきたかったが、いずれ数時間後には市内全体に知れわたってしまうのは明らかだった。それなら、人より少し早くそれを知っていただけ幸いだと思って、話してしまう方が賢明だった。

「みんな、アカが死んだの、知ってる?」

同級生はおしゃべりを止めて、一斉に僕を振り向いた。よかった。まだ誰も知らない。だがその時、僕は気づいた。それを知っていたなら、ここで授業がはじまるのを待ちながら話をしているはずがないと。今頃、その死体をぐるりととり囲んでいるに違いない他の子のことを思うと僕はイライラした。

「アカの死にザマが見たけりゃ、俺についてこい」

僕はさっきよりも速く、一生懸命に走った。みんなは一斉に僕の後ろについてきた。中には奇妙な声をはり上げる子もいた。僕は歯をくいしばり、みんなの先頭に立って走りつづけようと全力で走った。流れた汗が口の中に入りこみ、僕はめまいを感じた。学校にきた道を戻って、家から遠くないレンガ工場の中庭へと駆け込んだ。僕らはレンガ工場の広い庭を通り過ぎてレンガを焼く丘のような釜をぐるりと回り、焼かれたレンガが山積みになっているところに行った。そこには人だかりができていた。僕らはようやくゆっくりとした歩みになって犬みたいに息を弾ませながら人だかりに近づいた。体がひどくふらふらした。吐きそうだった。

僕らは大人たちの間にもぐりこみ、中を覗きこんだ。一人の男が手足をまっすぐ伸ばして地面にうつ伏していた。顔はこっち向きで片方の頬を地面に押しつけ、まるで愛する人と頬ずりしているような格好だった。目は閉じられていた。頭の傍には銃が落ちており、腰につけた袋がほどけて中に入っていた飯がこぼれ、地面に散らばっていた。靴は革紐で足にぐるぐる縛りつけられていて、靴を履いているというよりも、足に靴をくくりつけて縛っているという感じだった。長く伸びたひげ、もつれた髪の毛、そしてぼろぼろの服。胸ポケットからひょいと手帳が突き出ていて、その胸からは血が流れ出て土に滲みこんでいた。まだ血が乾ききっていないせいか、生くさい臭いが微かに空中に広がっていた。そんな感じがしていたところに、ちょうど吹いてきた風で死体の髪がサラサラとなびくのが見えた。

地面に飛び散った血と頭のそばの銃さえなかったら、それは正体もなく酔いつぶれて道端に倒れている乞食の姿そのものだった。それは、昨夜の騒々しかった銃声と今朝の荒廃した街が僕に想像させた巨大なまるで戦車のような怪物とも違い、その時死体を取りまいた大人たちが時に自嘲交じりにささやいていた、石のようにガチガチになった信念の塊とも違っていた。地面に顔をすりつけて幾分苦しげな表情で息絶えた一人の男が僕の眼前にそのみすぼらしい死体を投げ出しているにすぎなかった。

「アカの死体を見物するのも、ほぼ二年ぶりじゃな」

ある爺さんがそう言って、ペッと唾を吐いて立ち去った。何人かがその後について、やはり地面に唾を吐いて立ち去った。僕もそうしなければならないかのように、地面に唾を吐いて人垣からそっと抜け出した。振り向いた時、二歩ほど先に山積みにされたレンガの強烈な色が僕の目を刺した。突拍子もないことだが、僕はそこで初めて身の毛のよだつ意志を見たような気がした。赤褐色と赤紫色が交じりあったザラザラした肌の怪物は、夜中に一人の男が身をよじりながら、また苦痛を喉から吐き出すようにして死んでいくのを、すぐそばで黙々と腕組みしながら見ていて、ついにその男が猥雑な死体となり、朝になって人々が死体を見に集まってくると、オレは全部見ていたぞ、と言いながら、見物人の後ろで満面の笑みを浮かべていた。

僕は急いで視線をそらした。また死体があった。そして、その死体が横たわっているところから草むらが始まり、草むらの外れにはレンガを作る土を掘り出す橙色の丘があった。そして、その丘から真っ黒なレールが雑草をかき分け、蛇のようにくねくねとこちらに伸びていた。とにかく、説明しがたい感情を起こさせる構図だった。たった今突き刺さったあの強烈な色彩のために、僕の目は涙が出るほどひりひりした。片手でとんとん額を叩いてめまいを鎮めながら、僕はふらふらと学校に戻った。

学校は午前の授業だけだった。しかも僕たち六年生は、昨夜の戦闘であちこち崩れ落ちた学校の土塀を直すために授業は一時間もなかった。川辺から運んできた大きめの石に、藁を細かく刻んで土と混ぜてこねた塊をつめて塀を積み上げたので、僕らの服や手足は泥まみれになってしまった。こねた土がくっついた僕の手は、陽射しを浴びてまるで油でも塗ったようにてかてか光りながら、のろのろ動きつづけた。塀の修理をしている間、みんなの話題はもっぱら朝見たパルチザンの死体のことだった。でも、僕はそれについて何も言わなかった。何を話すべきか。僕が見た、あの中途半端で虚妄な橙色の構図を話すべきか。だが、みんなはそれを理解してくれるだろうか。あのパルチザンの身なりはまるで乞食のようだったと？　でも、パルチザンなんてそんなもんだと、みんなは一言で片づけてしまうだろう。ならば、僕はあの死体が欲しかったという話をすべきか。いや、それは駄目だ。僕がそんな話を口にしたら、そんなことは全く考えてみたこともない連中まで付和雷同して、オレも欲しかった、オレも、オレも、と言うはずだから。じゃあ、何を話すべきか。そうか、話すべきことなんかなかったのだ。僕はただめまいを感じていただけだった。学校が終わると、みんなは焼け跡を見に行こうと僕を誘った。僕は市立病院の近くに住んでいる子にだけ、お昼を食べたらその子の家を訪ねるからと、もう一度約束して家に帰った。

兄と兄の友だち数人が兄の部屋に集まっていた。結局、無銭旅行は延期になったようだ。

誰かが、

「今朝出発してたら、今頃はもう……」

と、言い出すと、

「おい、おい、よせよ。うるさいぞ」

と、別の誰かが話をさえぎった。

彼らはごろりと横になったり、壁にもたれて足を伸ばしたり、うつ伏せになったり、姿勢はそれぞれだった。この間、僕が見てきた彼らの生まじめさ——膝を突き合わせて車座になった顔には微笑が浮かんでいた、そんな姿はどこにもなかった。何かとてつもなく大きな陰謀でも企てるかのように、こら、お前はあっちへ行ってろ、と威張っていた兄も、今日は横になったまま僕にはまるで関心を示さず、紙切れをクチャクチャ噛んでは壁に向かってペッと吐き出していた。するとなぜか、彼らの憂鬱が僕にも伝わってくるようだった。僕には彼らの憂鬱を妨げるだけの喜びの感情なんてものは初めからなかったから、憂鬱はたやすく僕に移ってきた。僕は叱られて出て行くみたいに、兄の部屋の戸をそっと開けて外へ出た。

眼下に街が広がっていた。街の上から太陽が静かに照りつけていたが、街を包む大気は朝よりさらに霞んでいた。あまりにも静かだった。

父と兄とその友だちと一緒にお昼を食べていると、班長が訪ねてきた。班長は父の飲み仲間だった。

「あれ、食事中か」

班長は何か頼みがあってきたようだった。

「どうした、何かあったのか」

と、父が尋ねた。

「まあ、いいから。食べ終わったら、話すよ」

と、班長が答えた。

「なに、構わんよ。話せよ」

と、父。

「ちょっと、気色が悪い話なもんで……」

と、班長。

「構わんさ、さあ、早く」

「実はなあ……例の死体の件なんだ」

「死体?」

「ああ、レンガ工場でくたばってる奴のことさ」

「それが?」

僕は息を殺していた。

班長の話では、市が死体処理をその死体がある場所を管轄する町内会に委託し、町内会では同じ理由で班に委託してきたのだが、班長の意見としては、死体処理には多少の報酬が出るから、そのお金をもらってはどうだと言うのだった。たとえ父の仕事が食肉業だとはいえ、よりによってそんなことを頼んでくる班長が何とも憎たらしかった。だが、父は意外にあっさりと答えた。

「わかった。ところで、どこに埋めるんだ」

「なーに、この近くの山へ持ってって、埋めさえすればいいんだ」

と、班長は答えた。

「飯を食ったら、行くよ」

父が承諾するや、班長は一安心という表情になって、じゃあ、よろしく、と言って出ていった。

二人の話の一部始終を、僕は心臓の鼓動が止まったように蒼くなって聞いていた。兄とその友だちは不平めいたことをささやいていたが、僕にはその声がまるで夢の中の声のように微かなものに聞こえた。

その死体が目の前に浮かび上がった。ふと愛着がわく幻想。死体が手足をまっすぐ伸ばしてうつ伏せの、その姿勢のまま空中に浮かび、腕を広げて立っている父に飛んでくる。空中をゆっくりと飛行してくる死体は微かな風にも揺れる。まず死体の髪の毛が休みなくなびき、そのことで死体はそれまで持っていたあらゆる不純な要素を風で吹き飛ばし、今や生まれる以前の人、いやすべて生き終えたために最も軽くなり、まるで一本のひよこの黄色い羽のように軽くなって空中を飛ぶのだ。それは、両親も親戚も誰もいない一人の孤児が自分を引きとろうと申し出た人に少し恐れの交じった目で一歩一歩近づいていく、どこか心の片隅が暖かくなってくる、そんな幻想だった。

死体は今や苦しい表情を消して口元に笑みを浮かべていた。死体だ。死体が僕らのものになる。僕らの手が触れたら、死体は微笑を浮かべたまま生き返るだろう。僕はちらっと父を見上げた。父は黙々とご飯を食べつづけていた。兄たちも今は静かに箸を動かしていた。僕はあわてて箸を握りなおし、ご飯を食べつづけた。

少しして食事が終わった時も、父は死体のことなどすっかり忘れてしまったかのように、体を横たえてタバコを吸い出した。僕は父の動作の一つ一つをうかがっていた。父は長い間ゆったりと横たわっていた。だがついに、タバコで黄色くなった指で鼻の穴をほじくると、すでに自分の部屋に戻っていた兄を響きわたる大声で呼びつけた。兄が僕らのいる部屋にやってくると、父はすぐに、

「おい、一緒に稼ぎに行くぞ」

と言うなり、すっくと立ってつかつかと外へ出ていくのだった。兄の面食らった表情、そして眼病のために真っ赤な父の目に影のようにちらりとかすめた微笑。ああ、僕はどんなにうれしかっただろう。ため息が出るほど愉快だった。死体処理に行く父の姿がとても憂鬱なのではないかとちょっと心配していた僕は、重い責任から免れたような気分になった。

父は背負子に鍬とシャベルなどを背負って先頭に立ち、僕がその後を、そして兄やその友人たちががやがやしゃべりながら僕の後ろについていきた。僕らは日の光にきらめく黄土の坂を下りていった。兄たちの大声が大気の中へ遠くこだましていった。

だが、いざレンガ工場の死体のそばに立つや、僕らはみな堅く口をつぐんでしまった。僕はと言えば、朝見たあの中途半端で虚妄な橙色の構図とでも表現するしかないものが、まったく同じ形で再び僕を圧迫してくるのを感じた。死体のそばには班長と立会いの警官、そしてその死体の叔母にあたるという一人の老婆が、見物人が帰ってくれたらという表情でぼんやりと立っていた。僕らが見物人をかき分けて入っていくと、班長が警官と老婆に、

「この方が埋葬して下さることになりました」

と、父を紹介した。

父は黙って死体を見下ろしているだけだった。老婆が、

「よろしくお願いします……」

と、言葉尻を濁して父に丁寧にお辞儀した。

「こいつが、どこへ行ったかと思ってたら……まさか、よりによって……アカになって……こんな姿で帰ってきて……ご迷惑をおかけして申し訳ありません」

老婆は父にもう一度お辞儀した。木の棺が準備されていた。父は縄でざっと死体を清め、それがすむと死体を棺の中に収めた。兄の友だちの一人が父を手伝った。棺のふたを閉める前に、老婆は棺の脇にうずくまって死体の黄色い顔を手の平で何度も撫でていた。骨と皮だけになった老婆の手がゆっくりと休みなく動き、その老婆の目は重く閉じられていた。まっすぐ横たわった死体の上に棺の角の影が差し、風がゆっくり吹いていた。

山へ行く途中、父が背負った棺が規則的にカタンカタンとなる音を僕は聞いていた。僕だけではなく、みんながその音に気をとられていたのは確かだった。父は棺がひどく重いのか、荒い息をしていた。いつの間にか、僕も父の呼吸を真似ていた。

山の斜面で警官が指示する場所に棺を下ろし、地面を掘り始めた。主に兄の友だちが掘った。棺一基入るだけの深い穴が掘られると、父と兄たちはその穴の中に棺を下ろした。棺が下ろされる間、老婆はか細く震える声で、おそらくその死者の名前らしきものを何度も呼んでいた。僕らは近くからかき集めてきた石ころを穴の中へ投げ入れた。石ころは角張っていてどれも乾いていた。僕らの投げる石ころが棺に当たる音が重々しく響いてきた。僕は初めのいくつかを他の人のようにゆっくり投げ入

れていたが、しまいにはまるで石打ちの刑を実行するかのように力一杯投げつけた。僕の投げる石が棺に当たる音は他の音とは明らかに違っていた。棺の中に横たわっている人が僕の投げた石に当たってついに悲鳴をあげているという幻覚に、僕は必死になって耐えていた。

僕は力一杯、力一杯投げつけた。僕は石を投げながらちらりと老婆の方を盗み見ると、彼女は恨めしげな目つきで僕をじっと見ていた。僕は右手に一層力が入るのを感じながら投げつづけた。すると、僕をぎゅっとつかむ手があった。父だった。父は僕をぐいと突き飛ばした。僕は尻もちをついて仰向けにひっくり返った。喉まで込み上げてくる嗚咽を、僕はようやく飲み込んだ。秋だった。僕がひっくり返った拍子にススキが何本も折れていた。僕は折れたススキを一本つかんで立ち上がった。僕はそのススキをポキポキ折りながら、今はシャベルで穴に土をかけている人々を見ていた。死体も、そしてそれを埋めている人々も、僕は憎らしいだけだった。棺はすでに僕の視野から消えていた。父はシャベルを投げ出して額の汗を拭っていた。

山を下りると、父と警官と班長は老婆に案内されてどこかへ行ってしまい、僕は兄たちと一緒にとぼとぼと家に向かった。街はとても静かだった。この前の事変の時、まるで蛇が這っていった跡のようなタンクのキャタピラの跡が長く残されたアスファルトの道には、キラキラと秋の午後の焼けつく太陽の光が射していた。シャベルと鍬をずるずる引きずりながら僕らはのろのろ歩いた。

兄の友だちの一人が、

「ちくしょう、今頃は南海の波音を聞いているはずだったのに……」

とつぶやいた。兄も、

「あーあ、ついてねーな。死体の片付けをさせられるなんて、夢にも思わなかった」

と愚痴った。すると、他も不平をならした。彼らは高校の黒い制服の上着を脱いで肩にかけていた。彼らの頬には汗の乾いた跡があった。僕はそんな恰好で広い海辺に立っている彼らを想像してみた。波が押し寄せてくると、彼らはまるで狼のようにウォーっと吠えるだろう。だが、それ以上は想像できなかった。頭が割れるように痛かった。ぐっすり眠りたいだけだった。

家に戻る途中、上り坂の路地の入口で、学校から帰ってくるユニ姉さんに出会った。姉さんは一群の学生に出くわして当惑したのか、顔が赤くなるや、折よくその中にいた僕が何かの救いだとでもいうように、僕を見てにっこり笑った。ユニ姉さん、と呼びかけたい衝動を僕は抑えた。なぜか他の人がいるところでそう呼んだら、恥ずかしくて言葉がつまりそうだったからだ。行動に移せないまま、その衝動は僕の全身に強く残された。僕の疲れを姉さんだけが癒してくれそうに思えた。今、あのパルチザンの死体を片づけてきたところなんだ、と言いたかった。とっても簡単だったよ、とも。姉さんが僕を呼んで連れていって欲しい、と僕は願った。どこか静かな場所に僕を連れていき、僕の熱い額に手を載せてくれたらと。姉さんがくれた、あのとても芯の太い図画鉛筆は本当は使ってもみないうちに盗まれてしまったと、今日なら思い切って話すことができる。そして甘ったれて、僕、あんなのがもう一本欲しいな、と言うだろう。僕はそんなことを考えていた。だが、姉さんは急ぎ足で僕らのずっと前を歩いていた。知らない間に自分の唇はひん曲がり、低い笑い声がもれてくるのを聞いた。

「あの娘が、イ・ユニって子だろ?」

と、兄の友だちの一人が言った。兄がうなずいた。

「あいつ、学校で一番なんだって?」

その友だちがまた尋ね、兄もまたうなずいた。

しばらくして別の一人が、

「いい体してんなあ」

と言った。その時、彼らの顔面を覆っていく声のない笑いに僕は気づいた。僕は微かに体を震わせた。それほど彼らの笑いからは暗闇と淫乱の臭いが発散していた。

「うん、本当にいけてるね」

別の一人がそう相槌を打った。それからしばらく、彼らは何かを考えているかのように静かに歩いていた。僕は漠然とではあるが、ひどく必然的な、ある雰囲気を感じ、その後にくるものは何なのかと、ほとんど待ちうける気持ちになっていた。すると、それは意外にも兄の口から飛び出したのだ。

「アイツ……俺たちで……喰っちまおうか?」

わっと歓声が上がった。路地にまで響きわたった。それから、事態は急速に進展していった。彼らの目は生気をとりもどし、シャベルを地面に引きずる音が一層騒々しくなった。

家に帰るや、彼らは兄の部屋に閉じこもり、ヒソヒソ話を始めた。僕は、父と僕が寝起きする部屋に寝ころんで、時おりもれてくる笑い声や低い叫び声がはじけるのを聞いていた。僕は全身がだるくなって眠くなるのを必死で我慢していた。だが、僕はうっかり眠ってしまったようだ。兄が僕を揺り起こした。窓に夕暮れ時の薄明りが揺らめいていた。僕が目を擦りながら起きると、兄はとても優し

い声で、

「お前、ユニのとこへ、お使いに行ってくれないか、なっ？」

と頼むのだ。僕はとっさに、

「うん」

と答えてしまった。とっさというより、僕は前からそんな頼みを期待していたのかも知れない。兄は僕が予想外にあっさり承諾したのに驚いたのか、ちょっと目を丸くさせてから、

「お前、ユニのとこへ行って伝えてくれ、いいな」

と言った。兄は、今晩九時にミヨンが住んでいたあの空き家で、ユニ姉さんがくるのを待っていると伝えてくれと言った。

まさしく僕は恐ろしい陰謀に加担していた。単に言葉を伝えるだけという、そんな責任の希薄な行為での加担ではなかった。さあ、ミヨンよ、お前の家を提供しろ、と言う。「売家」と書かれたボロの紙切れが貼られたお前の家の門前を通るたび、でも僕はその家が空き家と思ったことは一度もなかった。少なくともそう思ったことはなかったと言い張りたい。ミヨン、と呼べば、すぐにお前が飛び出してくるようだった。でなければ、いつの日か僕へのお土産に日本の美しいクレヨンを持って帰り、その家にまたお前が暮らすようになるという期待を胸に秘めていた。お前のうちの空き家は僕にとって竜宮城のように神秘的な場所だった。僕はあらゆる華やかな空想をそこから引き出すことができた。それなのに、ミヨンよ、僕は今この数分の間に、こうしたすべてのものの上に泥を塗ろうとしているのだ。

ああ、いつも万事そうではなかったか。一つに従うために他のいくつかの上に泥を塗ろうとすると、その是非を問う前に味わってしまう虚しさ。もっともそれが「成長する」ということかもしれない。ミヨンよ、僕を応援してくれ。兄たちの陰謀に加担するというのはとても簡単なことだ。ミヨンよ、僕を応援してくれ。それは、簡単なことさ。まるで死体を埋めるように、それはとても簡単なことだ。そう、僕はうまくやり遂げるだろう。

「兄ちゃんが、一人で待ってるって、言おうか」と、僕は尋ねた。

「もちろんさ」

兄は、僕のそんな質問にとても満足だというようにニタリと笑った。

僕は床を見ていた。僕はオンドルの床紙が破けたところを指でこじ開け、その中の土をほじくり出していた。

「どんな用事って、聞かれたら、何て答えたらいい？」

僕は指先についている土を見つめながら、兄に尋ねた。

「それはだなあ……」

もちろん兄たちは、そういう質問への答えを準備していただろう。しかし、僕はそれを聞くのが怖かった。僕はすぐに兄の答えをさえぎり、

「学校のことで会おうって、言えばいいよね。ユニ姉ちゃんは兄ちゃんを信用してるから……きっとくるよ」

と言った。僕は「ユニ姉ちゃんは兄ちゃんを信用してるから」という言葉に力を込めたかった。け

れど、僕が考えてもあまりにもそっけない言い方になってしまった。

「そう言えば、いいかな?」

と兄は疑わしげに、しかし僕の全面的な協力にすっかり満足して問い返した。

「もちろんさ」

僕は勢いよく立ち上がった。

踏み石の上に置かれた靴を履いていると、僕の背後から兄の声が聞こえた。不安が兄の声を支配していた。

「お前、本当にうまくやれるのか?」

うん、うまくやれるとも、僕は心の中で自分に言いきかせた。しおり戸を押して出てからふと振り返ると、兄の友だちが部屋の戸を開けて僕を見ていた。僕と視線があった兄の友だちは、激励の意味で拳を握った腕を上げげたり下げたりしていた。彼らは僕を笑顔で送り出した。僕は笑わなかった。

いち、にっ、いち、にっ。僕は口の中で号令をかけながら路地を走っていった。路地には褐色の影が差していた。空は水色だ。木は? 褐色。屋根は? 見るまでもなく紫だ。僕の頭の中に準備された画用紙は、重油のように濃い色で埋められていった。

ユニ姉さんの前に立つや、僕は世の中がぐるぐる回っているかのようにめまいがして、体をうまく支えていられなかった。いわれもないことで先生から叱られた時、僕はそんな気分を味わったことがある。姉さんは朝見た時の韓国服の姿だった。僕の伝言を聞いて、姉さんはとてもはっきりした声で簡単に承諾した。バカ。バカ。バカ。でも、いつしか僕は兄に都合のいい口実を付け加えている自分に気づいた。

「たぶん、学校の、とっても重大なことみたい。誰にも知らせないで、ユニ姉ちゃん一人でさて欲しいんだって」

僕は目を閉じた。僕の耳に、ありがとう、必ずあの空き家に行くと伝えて、というユニ姉さんの声が遠雷のように響いた。終わった。いとも簡単に終わった。帰ってくる途中、僕はミヨンの家の前で足を止めた。灰色の門に黄色く色褪せた紙切れが今も貼られていた。一匹の蜘蛛がその紙の脇をかすめて素早く上っていた。片手で門を押してみた。中から鍵がかかっているのか、開かなかった。門が開かないと、家の中を見たいという気持ちが一層強まった。僕はさして高くない土塀の上に上がっていった。僕がよじのぼったはずみに、塀の上の瓦が何枚か地面に落ちて割れてしまった。僕は塀の上にまるで馬にまたがるように腰掛けて家の中をのぞきこんだ。荒廃した空き家は草色の空気に包まれていた。庭先につづく小さな畑には誰が植えたのかナスが植えられ、萎れた葉の陰には黄色い萎びたナスが何個かぶら下がっているのが見えた。それは本当に見る影もなく干からびていた。誰が外していったのか、窓には一枚のガラスも無かった。僕の胸は限りなく静かに高鳴っていた。ふと、僕の友だちと市立病院の焼け跡を見物に行く約束を思い出した。だが、もうその必要はなくなった。防衛隊の本部である、あのお屋敷に行ってみなければ、と僕は考えていた。真っ黒になっているだろう、朝まであんなに火の手が上がっていたのだから。僕は土塀の上から路地に飛び下りた。


（一九六二年）

お茶でも一杯

今朝も彼は下痢のせいで早く目が覚めた。起きるのが嫌で、我慢できるところまで我慢しようと思った。しかし、腹の中は渦巻いてすでに肛門がうごうごとして、こらえきれなかった。チリ紙を手に便所へ行った。昨晩飲んだグアニジンは何の効果もなかったようだ。便所にしゃがみ、彼は自分の腹下しについて考えた。この何日間か食べすぎたり、脂っこいものを食べたりしたことはなかった。思い当たることといえば、ちょっとひどい心理的緊張だけだった。彼は自分の連載漫画が、この何日間か新聞に掲載されなかったので嫌な予感がし、不安になっていたのだ。面白くなかったのかなと思いながらも、相変わらずその日の分の漫画を描いて持っていけば、文化部長はいつもとまったく同じ態度で漫画を受けとり、いつもとまったく同じ熱心さで漫画を見てから、いつもとまったく同じように、可笑しくてたまらないというように長い間うなずいて、あっはっはと笑い、

「いいですね。大変な傑作です」

というのだった。すると彼は、文化部長の態度に多分に誇張が混じっていると感じながらも、ホッとして尋ねる。

「今日の分、載っていませんでしたね」

すると、文化部長は眼鏡を外して背広の襟で拭いながら、

「ああ、記事がたて込んでいる関係です」

と、軽く答える。それ以上は尋ねられず、彼は自分を安心させながら、デスクの上に乱雑に置かれたライバル紙や日本から届いた新聞、そして通信社から配達された印刷物にざっと目を通して部屋を出るのだった。そして、その翌日の朝刊を見ると、また漫画が外されている。今日も記事がたて込んだためかと文化面を調べてみるが、特に大した記事が載っている訳でもなく、「じゃあ、漫画が毎日きちんと載っていた時には一度も記事はたて込まなかったのか」という疑念が生じるのだった。

そんな訳で、彼は何日か前から緊張していたのだが、昨日の明け方から腹が下り始めた。彼はこの下痢が狼狽の色が隠せなくなった自分の心理状態によるものだと信じるようになった。

彼は、まだ糞が出そうな、すっきりしないものを感じながら部屋に戻り、布団の中で眠っている妻の脇にもぐり込んで横になった。枕元に外しておいた腕時計を、横になったまま片手を伸ばして手探りでつかんだ。そして、引き戸を照らす夜明けの仄かな光に時計をかざしてみた。六時を少し回っていた。時計を枕元に戻して、彼は布団をのど元まで引っぱり上げ、左手を妻の股の間に押し込んだ。そして天井を見上げ、今日の分の漫画を構想しはじめた。

しかし、すぐにはネタが思いつかない。三粉暴利【＊1】にするか、日韓会談を扱おうか。いや、それはこの前描いてしまった。新聞には載らなかったが。平凡な家庭生活ものを一つ考えてみよう。だが、すぐにはネタが思いつかない。大統領に設定している黒眼鏡をかけて頬のこけた人物と、アトムX君の顔だけが眼前にちらついていた。

アトムX君は、ある子ども向けのウィークリー新聞に連載している宇宙戦士だ。頭上にアンテナがついた酸素ヘルメットを被り、背中には酸素タンクと燃料タンクを背負って万能の高周波の銃を持ち、目が丸くて、火星人を相手に勇猛果敢に戦う少年勇士だった。黒眼鏡をかけた大統領閣下とタンクを二つも背負ったアトムX君、そして思いついたように依頼が舞い込むいくつかの雑誌の漫画が、彼と彼の妻に飯を食わせてくれるのだ。主たる収入は、とにかく大統領がよく出てくる新聞の連載漫画の方だった。だが、主たる収入といっても、三度の飯の外にはタバコ代とお茶代に、時々ビリヤードをしたら、あとはたまに妻と一緒に映画を見に行く程度だった。しかし、その収入源が揺らいでいる不安を彼は感じていた。下痢にもなるわけだと自嘲まじりの笑いをもらしたが、それもすぐに消えた。

どうして自分が漫画を描きはじめたのか、彼は自分の来歴を検討してみた。いわゆる一流大学を志望したが失敗し、自分さえ一生懸命やれば、どこの大学だっていいんだと定員に満たないある三流大学の社会学科を出た。やがて入隊して訓練が終わるや、配属されたのが政訓【*2】であり、政訓で偶然引き受けたのが軍隊新聞の編集で、そしてそこで偶然漫画を描くことになった。その後除隊して就職先を探すうちに、競争率がとても高いある会社の入社試験を受けて落ちたが、そこで同じ試験を受けてともに不合格になった女性と恋愛し、愛する人のためなら冒険も辞さない覚悟で、軍隊時の生半可な経験だけで大学同窓の一人が記者をしている新聞に、その友人の紹介で漫画を連載するようになった。こうして食いぶちができると、その女性と式は挙げないで夫婦になり、何世帯かが一つ屋根の下で暮らすこの家の一間を借りて今日に至った。

それこそ、「偶然」の連続だった。彼は、偶然の中に身を委ねてしまった過去の自分が急におぞましく思えてきた。「くだらない野郎だ」と自分を罵った。爪ほどでもいいから自分の主張があるべきではないか。だが、もう一度自分の来歴を検討してみると、あのけしからん軍隊生活が挟まれているために、実際はどうしようもなかったと思うようになった。軍隊内で、どうやって自分の望み通りの生活ができるというのか。「左向け左！」と言われたら左を向かざるをえず、「匍匐前進！」と言われたら腹ばいになって進むしかなかった。まるで彼の漫画の中の人物たちが自らの表情と運命を彼のペン先に任せてしまうしかないように。偶然の中に自分を任せてしまう習慣を教えてくれたのが、アンチクショーの軍隊だった。ところで、と彼は考えた。もっとも、それが楽だったのだ。少なくとも神経衰弱にかかる心配はなかった。彼はなおも天井を見上げたまま考えた。今さら大学で習ったことを食いぶちにしたいなんて意地は張るまい。漫画の仕事だけでもつづけなければならない。

雑念を払おうと頭を枕から少し持ち上げて何回か振った。今日の分の漫画を構想しなければならなかった。昨夜描いておかねばならなかったのに、いや、構想だけでもしておかねばならなかったのに、と彼は自分を責めた。昨夜は一体何をしていたのか。ようやく彼は、昨夜自分が酒を飲んで帰ってきたのを思い出した。ある先輩漫画家に連れられて行って飲み、ひどく酔ったようだ。何時ごろ家に帰ってきたのか、思い出せない程だから。ひどく酔ったにしては、眠りから覚めても頭の中はスッキリしている。いい酒だったようだ。だが、彼は自分の緊張状態のためだと仕方なく考え直した。このように腹がゴロゴロ鳴り、それに泥酔した後なのに頭が重くないのは、そういう理由でなくて何だろう。それはそうと、彼は今日の分の漫画を構想しなければならない。タバコが吸いたくなった。自由になる片手で枕元を探り、タバコを一本抜いて口にくわえ、マッチを手にした。

だが、タバコの辛い煙が寝ている妻の鼻に流れ込めば、妻の眠りを覚ましてしまうだろう。彼はぐっすり眠っている妻を起こしたくなかった。タバコをまた枕元に投げ、視線を妻の顔に移した。いつ見ても可愛い顔だ。こんな風にそばで横になってみると、まるで全然知らない人の顔のように見えるが、それが彼にはとても面白く、不思議な興奮すら覚えさせるのだった。彼は、早朝の仄かな光の中で淡い陰翳を帯びた、見知らぬ他人のような妻の顔にゆっくり視線を這わせた。すると、本当に知らない人の顔のように見える。そして今日は、そのまったく見知らぬ人のような妻の顔がふだんとは違い、不思議な興奮を呼び起こさないのだ。急に彼は焦燥にかられて、不安になり、頭を上げて妻の顔を真上から見下ろした。間違いなく自分の妻だった。

まつげが微かに震えているのを見ると、妻は眠りから覚めていたようだ。夫が漫画の構想をしているようだと、妻はいつもいないかのように沈黙を守ってくれた。昼間でも、よく寝ている振りをしてくれるのだ。

彼はゆっくりと頭を下げて妻の唇に軽くキスした。すると妻は目を開け、目で笑って見せた。

「お早い、お目覚めね」

妻がささやくように言った。

彼は微笑んだままうなずいて、妻の股から自分の左手を抜いて妻に腕枕をしてあげた。すると彼は、さっきまで感じていた焦りと不安が消えるのを感じた。

「昨夜、僕は遅く帰ってきたんだろ?」

彼もささやくように言った。

「いいえ、八時半頃、お帰りでした」

妻はにっこり笑ってから、

「とても酔ってられたわ。クダを巻かれて……」

「クダを巻いた？　どんな風に？」

「人というのは妬み深くなければ、いい暮らしができないと。それればかり、繰り返してらしたわ。

天井を見上げて、天井にその言葉を刻み込むかのように」

妻は昨夜の彼の様子を話してから、声を殺してクックッと笑った。

彼は自分がどうしてそんなにクダを巻いたのか、わからなかった。ふだん心に刻んでいた言葉でもなかった。多分、偶然口をついて出た一言が気に入って繰り返したのだろう。

「僕は、とんでもないクダを巻いていたようだね」

彼は恥ずかしくてフフッと笑った。

急に妻が自分の指で彼の口を塞ぎ、顎をしゃくって隣の部屋を指した。隣との部屋を仕切る壁が、隣に暮らすおばさんとおじさんの大きな息遣いをこちらに伝えながら規則的に、そして静かに揺れていた。

「また、何かと思えば……」

と言いながら彼は、悪戯っ子のように目で笑っている妻を見下ろしてもう一度フフッと笑った。

「昨夜も一騒ぎあって、おばさんは泣いて騒いで大変だったのに……夫婦喧嘩って、本当に犬も食わないものね」

妻は相変わらず悪戯っぽい目でささやいた。

「また喧嘩？　僕は寝ちゃって、わからなかったけど……。それからミシンを回したんだろうな」

「もちろん。ひとしきり喧嘩してから、またミシンを回すんですもの。私が眠りにつくまでミシンの音がしてたわ。とにかく、すごいおばさん」

「あのおじさんも、悪い人ではないんだが……」

「そうなの。お酒さえ飲まなければ、おとなしい方なのに」

「そういえば、よくおばさんの方が先に、喧嘩を売ってるよね。何日か前、あのおじさんから聞いたんだけどね。酒を飲んで帰ると、妻が怒る。内心、まったく面目なくて、仕方なしに殴ってしまうんだって」

「そうでしょうね。でも、おばさんも怒りたくもなっちゃいますよ。妻が夜の十二時過ぎまで腕が抜けるほどミシンを回して稼いだお金でお酒を飲むなんて。子どもが四人もいるのに、稼ぐどころか……」

「でも、しょっちゅうじゃないよ」

「とにかく、すごいおばさんですね。私はもう、ガタガタというミシンの音で気が狂いそう」

「まったくだ」

実際、隣の部屋のおばさんが内職で回すミシンの音は、少し誇張して言えば、こちらをあざ笑っていると思えるほど、夜昼なくガタガタと音を立てていた。案外、案外ではなく本当に、本当なんてものじゃなく、ものすごく生活費を切りつめながら夫につき従っておりますという風だった。そのミシンの音に二人の安眠が妨げられる夜は、時々布団の中で口を尖らせてヒソヒソ話をするのだった。

「ずいぶん真面目に暮らす振りをしているよね」

「まったくね」

妻は素早く答えて、クックと笑いをもらす。

「それでも、しがない間借りですからね」

あれほどの熱心さなら、と彼は時折考えるのだった。他の仕事を、例えば市場で商売でもすれば、収入はずっといいはずなのに。

「今日の分、考えました？」

妻が心配そうな表情で、彼に尋ねた。

「いや、まだ……」

「まあ！　じゃあ、早く考えて下さい」

妻は枕にしていた彼の腕を自分の手で外し、彼をそっと押しながら言った。

「私、静かにしてますから」

妻は仰向けになって目を閉じてから、また目を開けて彼の方に顔を向け、

「タバコ、お吸いになって」

と言ってから、再び真っ直ぐ上を向いて目を閉じた。

彼はさっき投げ出したタバコを口にくわえた。マッチを擦ろうとした時、門の方から新聞配達の「シンブーン」という声と、新聞が地面に落ちるバサッという音が聞こえてきた。妻にも聞こえたのか、寝床から起き出した。

門の中に配達された新聞を取りにいくのは、いつも妻の仕事だった。

「ああ、僕が取ってこよう」

彼は妻に言いながら起き上がった。すると、急に恥ずかしさに似たものを感じた。彼はまた横になりながら、妻に言った。

「君が取ってきてくれる？」

新聞を持って部屋に入ってくる妻の表情から、彼は今日も漫画が出ていないことがわかった。

「最近は毎日、記事が一杯のようですね」

妻は彼に新聞を渡しながら、注意深く言った。

「そのようだね」

彼は新聞を受け取って一面からくまなく見はじめた。自分の漫画が掲載される五面から開くのがいつもの習慣だったが、その気持ちを抑えた。妻は服を着替えて朝食を作る準備を始めた。彼は一面一面ゆっくりと、しかし実際はどの記事も目に入らないままめくっていった。五面で自分の漫画が入るべき場所に、今日は英国のあるロックバンドを紹介する記事と口をぱくりと開けた写真があるのを見て、彼は目の前が真っ暗になった。

妻はふくべに米を入れて外へ出ていこうとしたが、思い出したように彼の枕元にしゃがみこんで言った。

「今日は描かなくても、いいんじゃないですか。この間に、溜まっている漫画がたくさんあるじゃないですか」

「だけど、その時々の時事性のあるものだからね……また描いて、持っていかなくちゃならないんだ」

彼は考えながら話すように、わざとゆっくりと答えた。

「月に、二十六、七枚は描かなくちゃ、給料はもらえないだろ？」

妻はにっこりして立ち上がり、外へ出ていった。彼は、さっきの妻の微笑が、了解した、ということなのだろうと思いながらも、しきりに気になった。彼はゆっくりとタバコを吸いながら、題材を探すために新聞をめくっていた。そうしているうちにふと思い出し、彼は外に向かって言った。

「僕に、お粥を炊いてくれる？」

彼は十時近くに家を出た。ふだんのように、書類用の封筒の中にまだ墨が乾ききらない漫画を注意深く入れて脇に挟んだ。今日の分の漫画も読者を笑わせる自信はなかった。いつものように。

「チリ紙をちょっと、お持ちになって」

彼が部屋を出る時、妻はくるくる巻かれたチリ紙を適当な長さにちぎり、きちんと畳んでポケットに入れてくれた。細やかな気遣いをしてくれる妻に、感謝と愛しく思う気持ちがいり混じった感情が込み上げ、彼は妻の頬を撫でた。妻の頬の上に涙の痕が残っていた。朝食の時、お膳に這い上がる名も知らぬ小さな虫を、彼が無意識に親指でつぶしてしまったのだが、それが妻を泣かせた理由だったた。妻が口ごもりながら話す内容を総合すれば、最近彼がおかしくなっているというのだ。おかしくなったというはっきりした証拠は挙げられないが、直感というか、例えば、さっき虫を残忍に潰してしまう時の彼は確かに少し変わってしまったようだ、と言うのだ。以前なら、「あっ、汚いな」と呟き、紙をくれと言って、それに虫を包んで外に投げ捨てただろうと言う。見すごそうとしても、最近少しうろたえているあなたを見ていると、自分まで妙に不安で、おろおろしてしまうと言ってから、「泣いてごめんなさい」と言ってニッコリ笑い、涙を拭いたのだった。

「一人で退屈だろうから、映画でも見てきたら」

家を出ながら、彼は言った。

彼がバス停にいく路地を出ると、「李先生、李先生」と、誰かが彼の名前を呼んだ。路地の入口には不動産屋と他の店舗とに分かれた一軒のバラックがあったが、彼を呼んだのはその不動産屋の爺さんだった。爺さんは彼が今いる部屋を紹介してくれた人だった。自分を呼ぶ人のところに、彼は歩いていった。

「こんにちは」

彼が挨拶した。

「元気かい?　顔色がよくないね」

爺さんは眼鏡越しに彼を見つめながら言った。

「ええ、ちょっと腹が痛いんです」

「ほう、最近は腹下しぐらいじゃ、病気とも言えんな。薬でも飲みなさいよ」

「飲んだんですが……」

「もっとも、最近は偽の薬も多いからね、そうだ、干し柿を煮つめて食べてみなさい。なーに、すぐに治るから」

「そうですか」

珍しい処方を聞いたという調子で彼は答えた。

「もちろん、最高さ。ところで、李先生……」

と言いながら、爺さんは何か秘密の話があるという顔つきで、彼の片腕を捕まえて店の中に連れこんだ。

「最近、どうして李先生のマンガが新聞に出てないんだい？」

爺さんは彼の顎の前に自分の顔をにゅっと突き出して尋ねた。

「ああ、それは……」

すると、爺さんはしきりに首を振りながら追及するように言った。

「ああ、わしは絶対的な李先生の支持者だからね。わしに率直に話しても、心配することは何もないから。政府をひどく批判したもんで、ついにやられちゃったんだろ？」

彼はようやく爺さんの真意を理解した。

「そういうことじゃなくて……」

「何が、そういうことじゃないんだ。そうでなくちゃ、あんなにきちんきちんと載ってたマンガが、急に載らなくなる訳があるかい？　話してごらんよ」

爺さんは酒のためにいつも充血している目で彼をにらみながら、どうしても自分の想像を満足させてやるぞ、というように問いただした。

「そうじゃなくて、私が職業を変えたんです」

彼は面食らって、そう答えてしまった。

「何だって、もうマンガをやめたって？」

爺さんは、予想が外れて気が抜けたという声で言った。彼は、やめました、と答えながら、本当に自分は漫画をやめてしまうかもしれないとふと思った。

「何か、訳があるんだろ。そうさ、あるとも。間違いない」

爺さんは、自分が思いたいように言い張った。

バスに揺られて新聞社に行く途中、彼は爺さんの意見のように政府側の圧力で漫画の連載が中断されたなら、どんなに幸せだろうかと考えた。そうなれば、それは筆禍事件になる。そうなったら、彼は英雄にもなれる。実際、昔の自由党時代にはそんな事例があった。しかし、為政者が変わったので、そういう目に遭うことも難しくなった。漫画家を刺激すると損するのは自分らだということを知ってしまったようだ。もっとも、ある先輩の漫画家の話によれば、今もそんなケースがまったくないわけではないという。やり方が変わって間接的な圧力があるにはあるというのだ。だが、それもむしろ幸せな方だと彼は思っていた。自分の場合は多分、多分ではなくほぼ間違いなく、自分の漫画自体のある欠陥、言ってみれば、「笑わせる」要素が足りないという欠陥によるのだろうと、彼は推測していた。政府が自分の漫画のために怒ってくれたなら、どんなにいいか。そう思うと、彼は自分が滑稽に思われて目をつぶってしまった。

編集局の中に入った時、彼が恐れていた予測が今や動かしがたい現実であることを最初に感じさせてくれたのは雑用係の女の子の表情だった。ふだんその女の子は、漫画家を漫画の中の人物と同一視しているせいか、彼の姿を見ると笑いをこらえきれずに、顔を背けてさっと行ってしまうのが常なのに、その日はおもむろに「こんにちは」と言ってから微笑を浮かべたまま、彼の顔を真っ直ぐ見上げているのだった。

それはごく短い時間のことだったが、神経を張りめぐらせていた彼にすべてを悟らせた。自分を見上げていた女の子の澄んだ目の中をさっとよぎったものが、ひょっとしたら憐憫ではなかったかと思うと、憤りよりも全身から力が抜けるのを感じながら、彼は顔を強ばらせて文化部に向かった。

自分のデスクに座っていた何人かの記者が、いつもと違って特に喜んで挨拶してくれた時、彼はもうわかっているというように自分も調子を合わせ、別れの挨拶をするかのように丁重に挨拶した。それからしばし、彼は自分がどう振舞ったらいいか、わからなかった。流れていた時間が急に途切れて空白が生まれるんだなあという思いが、訳のわからない恥ずかしさとともに彼を襲った。そんな彼を文化部長が救ってくれた。

「今日の分の漫画を、ちょっと……」

と言いながら、部長は手を差し出した。彼は当惑した。彼が予測していた事態では、部長の今の言葉は不必要ではないか。彼は脇に挟んでいた書類の封筒にそっと力を込め、汗が吹き出て赤くなった顔を手で拭きながら言った。

「描いてきませんでした」

そう言ってから、彼はすぐに後悔した。ひょっとして、自分の推測は見当違いではなかったか……

神経過敏で自分は今、大失敗を犯したのではないか……。しかし、部長の次の言葉は彼のそうした希望に満ちた期待を粉々に砕いてしまった。

「じゃあ、ご存知だったんですね」

部長は席から立ち上がりながら、彼に言った。

「お茶でも一杯、飲みに行きましょうか」

話がある、という暗示を彼に与え、部長は彼の前に立って歩きはじめた。

「非常に、残念なことになりました。大変長い間、一緒に仕事をしてきましたが……」

喫茶店に入って席につくや、部長は彼に言った。

「私は李さんのことをかばったんですが……、局長も李さんの漫画はいつも賞めてらっしゃったんですが、その……読者が、ひっきりなしに投書を……」

「いいえ、実際面白くなかったでしょ。私自身、よくわかっていました」

彼は部長がもじもじためらっているのが気の毒で、すぐさま返事をした。

「そうじゃありません。読者が、李さんのユーモアを理解できなかっただけなんです」

部長は注文を取りにきたウェイトレスに言った。

「私はコーヒー、李さんは?」

「私も……」

「さて、と、トラブルが起きたのは先週のようです。率直に申し上げまして、先週一週間、ヒットが一つもなかった、というのが多分読者を……、ともかく、先週の読者の投書のために、私や局長は、少々気をもみました」

だが、一番気をもんでいたのは漫画を描いている、まさに彼だった。

「ええ、実際、面白くなかったんです」

「コンディションが、よくなかったんですか」

「ええ、腹が少し……、腹がひどく痛くて……」

しかし、腹痛は昨日の明け方から始まったのだ。

「ああ、それは大変でしたね。クロロマイシンを、お飲みになりましたか」

「いや、もう治りました」

「それは幸いです」

コーヒーが二人の前に置かれた。

「さあ、どうぞ」

部長が言った。彼らは熱いコーヒーをチビチビすすった。礼儀上、カップをテーブルの上にちょっと置いては手に取り、また飲んだ。

「不思議にも、李さんとはお茶一杯、一緒に飲む機会がありませんでしたね。多分、これが初めてですよね」

「ええ、初めてのようです」

「どういうわけか、最近、弊社の寄稿家のコンディションが低調なようです。今、連載中の小説にも、毎日五、六通の投書がきています。面白くないからやめさせろ、って言うんです。弊社に受難の時が訪れたようです」

部長は多分彼を慰めようと、そんな話をしているようだった。だが、彼は腹立たしかった。おそらく、その面白くない小説を書いている人に連載の中止を通告する時、私の漫画を例にとるだろう。そして、やはり言うだろう。弊社に受難の時が訪れたようです。彼の腹がかなり長い間グーグー鳴った。

「読者はちょっと見て笑えばおしまいだが、描く側は随分大変だろうなあ」

部長は独り言のように言った。

「とにかく李さん、まったく大したもんです。どこで漫画を習われたんですか」

「いやあ……、ただ……偶然、描くようになったんです」

そして偶然、お宅の新聞で食べさせてもらえるようになったんです、と言いたかったが、もちろんその言葉は口の中で消えてしまった。

「人を笑わせるというのは簡単なことじゃないですよ。李さん、何か秘訣のようなものはありませんか。漫画を描くのに。つまり、漫画を描くのを習う時、こうすれば人が笑うというような、法則のようなものがありますか」

部長はまるでまったく無知な人のように話していた。彼は部長が無知を装っているのを知っていた。言葉を変えれば、それはこちらを無知扱いして、自分がこの無知な者のレベルに合わせてやろうという意図であるのは間違いないと思った。それで、彼は部長をけしからんと思いはじめた。

「ご存知でしょうが」

彼はうつむきかげんだった顔をゆっくりと上げ、部長を真っ直ぐに見ながら言った。

「人が笑いだすには、いくつかのメカニズムがあります。フロイトは人が笑いだす過程を分析して……」

すると部長は、こいつは一体全体誰に向かって何の講義を始めるつもりなんだというように、すぐに彼の言葉をさえぎった。

「ああ、フロイトのそれに関する分類ぐらい、誰だって知っているでしょう。だけど、ユーモアが成立するいくつかのパターンを知っているからと言って、誰もがすぐに面白い漫画を描けるわけじゃないですよね。李さんもそのパターンはよくご存知でしょうが、ちょいちょい笑えない漫画が出てくることもあるじゃないですか」

彼をけしからんと思っているという語調で部長が話したために、彼はさっきの憤りがポコンとへこんで意気消沈してしまった。

「まあ……実際、そうですね」

彼は意味のない言葉を呟いた。

すると、彼はおかしなことに、ようやく自分がその新聞社から解雇されたという事実を痛切に感じたのだった。ついさっきまで、彼は自分の内部で起きた混迷に陥って度外れに慌てふためき、度外れに恥ずかしがり、意気消沈して恨めしがっていたのだ。

「じゃあ……私の代わりに、誰が描くことになったんですか」

彼は部長に向かって初めて事務的な質問をした。そして彼は、常に誰とでも事務的な対話をするのを嫌っていた自分を発見した。どうして事務的な対話を嫌っていたのだろう。与えるべきものと要求すべきものを互いに堂々と話し合い、必要ならば、声をあげて言い争うこともしなければならなかったのではないか。考えが飛躍しているかもしれないが、と彼は自分に言った。それだからオレは、漫画家以外になれなかったのかもしれない。

「李さんの代わりに誰がいいでしょうか。推薦してみてください」

部長は無意識のうちに、またこちらの怒りを煽るようなことを言った。彼は答えたかった。そうですね、あっそうだ、この人はどうでしょう、私のことです。そう言ってから、声高にちょっと笑ってみせることができたら、しかし彼は自分のそんな妄想を抑えつけ、彼が加入している漫画家協会の会員の名前を一人ずつ心の中でチェックしていった。この人は今、ある新聞に連載している。この人もやはり。この人は……さてと、私の二の舞になってしまうだろう。この人は……そうしていると、部長が笑いながら言った。

「実は、半分くらい内定しています」

「誰に……」

彼は部長の「半分くらい」という言葉が「決定的」と同じ意味であることを経験上知っていたので、また騙されたという感じがして腹が立った。

「李さんの漫画を中断させる程なら、国内に李さんの代わりになる人がいないことぐらい、見当がつくじゃありませんか」

「じゃあ……」

とっさに彼は、海外にまで盛んに手を伸ばしている米国の漫画家のシンジケートを思い出した。

「誰になるかはわかりませんが、米国の漫画家の一人であるのは間違いありません」

「やはり、そうでしたか」

彼はうなずきながら考えた。そうなると、今度の解雇は私個人の問題では終わらない。それは国内の漫画家の消滅を意味するのだ。一枚の漫画を何枚もコピーして世界各国に安い値段で売りさばく米国の漫画家のシンジケートに、国内の新聞が引っかかりはじめたら、これは大変なことだ。遠からず、国内のすべての新聞は米国式のユーモアを売りつけるようになるだろう。米国の漫画のコピーは買う側からいえば値段が安いし、文明人らしいユーモアが洗練されている。彼は、いつだったか韓国を訪問した米国のあるデブの漫画家を思い出していた。その御仁は、自分のコピーが十数カ国で売れていると言った。スイスに別荘を持っているという自慢もした。その時、国内の協会員がそのデブを羨ましそうに見つめていたのも思い出した。しかし、と彼は考えた。嘆いたからといって、私に何ができるというのか。

「やはり、そうでしたか」

彼はもう一度言ってうなずいた。

「ですから、私は李さんに面目次第もない、というわけじゃないんですよ」

そう言って、部長はカラカラ笑った。

「国内の人をぜひ、と言うなら、どうして李先生をこんなふうに苦しませるようなこと、するわけがありませんよ」

「いや、別に……苦しくは思っていません」

「私を恨まないよう、お願いします。私もやはり、あそこで飯を食っている一人にすぎませんからね。さあ、じゃあ、出ましょうか。ハンコをもって、経理部に行って下さい。多少、準備させてもらってますから」

二人は席を立った。

彼は新聞社の正面玄関の階段に立ち、どこに行こうかとためらっていた。経理部で女子社員が渡してくれた封筒を受け取って上着の内ポケットに収めた時、彼はふと「これで俺がここで生きてきた一つの偶然にケリがついたな」という思いがした。それで彼は女子社員に、

「シンさんは、頬のほくろが魅力的だね。そのほくろを頼りに生きていきなさいね。将来幸せになるよ。じゃ、さよなら」

と冗談を言って、その女子社員を驚かせもした。だが階段の上から、人と車が押し寄せてきて押し寄せていく通りを見ていると、彼は怖くなってきた。早くまた何かにしがみつかなくちゃ。今日中に、何か確かなものを捕まえておかなくちゃ。昨日と今日とそして明日を、順調につないでくれるものを捕まえておかなくちゃ。

「こんにちはぁぁぁ」

誰かが階段を上がりながら、語尾を長く伸ばして彼に挨拶した。

「ああ、こんにちは」

彼は急いで挨拶を返した。知った顔だった。いつもビリヤードで会う人だった。多分、陳腐な芸術

家の一人だろう。名前は知らない。彼にはそんな知りあいが多い。時には夜遅くまで飲み屋で一緒に酒を飲みながら、今自分と一緒に酒を飲んでいる、その相手の名前を知らないこともしょっちゅうだった。某新聞の記者です、詩も書きますが。某学校で絵を教えて食ってます。昔、某出版社で働いてましたが、今は潰れてしまって私もこんなことをやってます。あるいは、彼に漫画を頼みにさたことがある政府機関や契約会社、銀行の機関紙の記者たち……。

「最近、ご繁盛だそうですね」

階段をのぼりきったその人は、今の彼には見当違いも甚だしい挨拶をした。しかし、彼はそんなソウル式の挨拶には慣れていた。

「ええ、でも、ちょっとお腹が痛くて……」

「クロロマイシンをお飲みください……」

「ええ、そうですね」

「じゃあ、失礼します」

その人は建物の中に入っていった。再び彼の前に、人と車が押し寄せ、押し寄せられていく通りが現れた。これ以上こんな間抜けた姿勢でここに立ってはいられないと思った彼は、じっくり考えられる場所を探しに階段を下りて歩き出した。少し行ってから彼は、新聞社の建物を振り返った。白分がここと関係をもっている間、他人が自分を見る時に何点かプラスして見るようにしてくれた、その灰色の怪物。この灰色の怪物のお陰で、彼は生まれて初めて会う人にも長い説明なしに自分を信用させることができた。もしこの怪物がいなかったら、一生かけて説明しても信用してくれるかどうかわからない人々を信用させることができたのだ。

　それまでゴロゴロしていた腹がだんだん痛くなりはじめた。彼は光化門《クァンファムン》の方に歩いていった。まず静かな喫茶店に入ろう。彼はのろのろ歩いていたので、早足の人たちが彼を追い抜いていった。ある人は彼の肩とぶつかったりもした。静かな喫茶店に行こう。だが、お客がほとんどいなくて、ウェートレスも憂鬱な顔で蓄音機ばかり見つめている、そんな店に座っているのは嫌だった。もし今、自分がそんな店の固い椅子に座っていたら、最高に不恰好で醜い男に見えるだろう。ひょっとしたら、一日中ぼんやり座りつづけてしまうかもしれないので、少し静かな喫茶店に、少し静かな喫茶店に、と彼は呟きながら、「草原」というひどくごたごたした喫茶店に入ってしまった。店の名前が示すように、常緑樹がいっぱい飾られた温室のような室内はとても広かった。カウンターだけでも四つか五つあるようだ。その薄暗く広い室内は人でびっしりと埋まり、スピーカーが運動会のように音楽を吐き出していた。やっと席を探して座ると、彼は少し気分が落ち着いたようだ。米国の漫画家のシンジケートみたいな喫茶店だな、と彼は思った。その時、誰かが自分に話しかけてくる声が聞こえた。

「いいものは、いいですよ」

「もちろん。いいものは、いいです」

　彼は声がした方に頭を向けた。彼の右側の座席に座っていた若者の一群が、声高に話していた。自分に話しかけられたと彼が錯覚した言葉は、彼らの会話から飛び出したものだった。彼は自分が考えていたものと、彼らの話が偶然ピッタリ合ったことにイラついた。人の多いところでは、偶然も多いようだ。

「……二年、軍隊三年、五年だけ、待ってくれ。待てるかい？」

彼の向かいの席に座っている学生風の男が、その脇に座っている、やはり学生風の女に低い声で話していた。もし親しい友人と一緒だったら、彼はその友人に「あの女、かなりの男好きだな」と言っただろう、そんな顔の女だった。

「待ってます。でも、三十歳ちょうどまでは待ちますが、三十歳を一日でも過ぎたら、他のところに行ってしまいます」

女はそう答えてから、面白くて仕方がないというように笑った。

「三十歳まで。そうか、本当にうんざりするほど長いな」と、彼は思った。

「何になさいますか」、ウェートレスが言った。

「コーヒー、それとマッチを」

彼はタバコを一本取り出し、テーブルの上でトントンさせながら考えはじめた。今日中に、必ず今日中に捕まえなくちゃ。ところで、何を、何をなんだ？ ウェートレスがコーヒーを持ってくると、そのコーヒーを飲み干し、そしてタバコをつづけて二本吸いながら、彼は答えを見つけた。漫画だ。まだ連載がない新聞に、自分の漫画を連載してくれと言おう。でも、そんな新聞があったかな？ どれ、よく考えてみよう。だが、彼の頭の中でぐるぐる回っているのは、今まで彼が描いてきた漫画のキャラクターだった。豚に似た社長、猫に似た女性秘書、ハリネズミに似たルンペンの青年、ブルドックのような悪い役人……まぬけだが正直なトルセ、アトムX君、大統領閣下……。彼はつづけざまにタバコを吸った。さらに三本吸い終わった時、彼はついにある新聞を思いついた。彼の知るところによると、報酬が少ないという理由以外に、印刷が汚いこともあって漫画家が誰も描こうとしない新聞だった。どこかの会社が自分たちの宣伝用に作った新聞だった。それで、新聞自体に大きな経費をかけられないから、そんなことになっているんだろう、と彼は聞いたようだった。しかし、そんな新聞でも漫画家の名前くらいは覚えている人がいるだろう、行って見よう。

彼は外に出てバスに乗った。彼はバスで座りたかったが、席がなかった。腹がゴロゴロ音を立てながらチクチク痛み出したので、つり革を握って立っているのが辛かった。彼の前に目を伏せてしとやかに座っていた女子大生が、やはりしとやかに立ち上がって席を譲った。しかし、彼にではなく、彼の脇に立っていた老人にだった。車の振動がひどかった。そして、彼の腹はますます渦巻いていた。今にも下痢が出てきそうで、彼は体をよじった。手に力を込め、つり革にぶら下がるようにして車の振動に身を任せた。額から脂汗が吹き出し、唇はカラカラに乾いた。彼は目を閉じた。

「お若いの、車酔いのようだね」

彼は目を開けた。女子大生が譲った席に座った老人が、彼を見上げながら話しかけてきた。

「顔色が良くないね」

「ええ、腹……腹の手術をして、いくらも経っていないもので」

彼は答えてから驚いた。なぜこんなにずるがしこくなってしまったのか。これでは、老人に席を譲ってくれと言ったことになる。

果たして、老人は席から立ち上がりながら言った。

「ここに座んなさい」

「座っていてください。大丈夫です」

「座んなさいよ」

老人は彼の腕を捕まえて座らせた。彼は顔が熱くなった。

「何の手術を受けたんだい？」

「いや、大したことはありません」

「盲腸の手術？」

「ええ、盲腸のです」

彼は、この老人がまさかバスの中で腹を見せてくれとは言わないだろうと思いながら答えた。

「うちの孫も盲腸の手術をやったんだよ」

「はあ、そうでしたか」

「昔はなかった病気が近頃はいっぱい出てきたようだ。ひどい世の中になってきたから、病気も新しいのがしょっちゅう出てくるんだろう」

「そんなことないと思います。昔もあったけど、わからなかったんでしょう」

「そうかな？……じゃあ、あんたもおならのために随分心配したんだろうね」

「はあ？」

「うちの孫の奴は、手術を受けてから三日間もおならが出なくてたいそう心配したんだ。あんたは何日ぶりにおならが出たんだい？」

「ええ、そうですね。それは……」

「とにかく、お医者さんが一日に何回もきて尋ねるんだ。おならが出ましたか、おならが出ましたかって。おならが出たら手術は成功だそうだね？　長生きしてると、おならが出なくて、ハラハラするなんてこともあるんだな」

老人は、わっはっはっ、とけたたましく笑ってのけぞった。バスに乗っていた人も皆老人につられて笑った。彼の腹は相変わらずゴロゴロ鳴っていた。糞が少し外にもれてしまったようだ。彼は口の中で、神様、神様、と言っていた。バスから降りたら、すぐにクロロマイシンというのを買って飲もう。降りたらすぐに。だが、彼はバスから降りるや否や、自分が訪ねてきた新聞社の中に素早く入っていった。

ちょうど二階に上がっていこうとする人がいたので、彼は「トイレはどこでしょうか」と尋ねた。幅の割には背が低い、眼鏡をかけたその人は、

「えーと、ここから一番近いトイレ？　あっ、一階にありますよ」

と、彼はトイレの前まで案内してくれた。彼がトイレのドアを開けて入ろうとすると、案内してくれた人はにっこり笑いながら、冗談を言った。

「それでは、排泄の快感を存分にお楽しみください」

彼はその人に向かって笑いかけようとしたがうまくいかず、しかめ面になってしまった。

トイレの中で、彼は妻が持たせてくれたチリ紙をいじりながら、妻のことを考えていた。映画は見に行っただろうか。行っただろう。多分、チェ・ムリョンとキム・ジミが人を泣かせる映画だろう。世の中にはまったくおかしな職業も多い。俺は人を笑わせねばならないし、チェ・ムリョンは人を泣

かせねばならない……。それから、彼は知名度が高い何人かの名前を思い浮かべてみた。ネームバリューのある人なら、それでいい。中途半端な漫画家の李某程度では、どんなに大目に見てもちょっと苦しい。この新聞社が俺を信用してくれるだろうか。今自分たちのトイレにしゃがんでいる、ほとんど祈るような心情で自分たちに救援をお願いしようとしている、この人間を彼らは知っているだろうか。この人間は約二年間、ある新聞で漫画を描いていた人物だ。弾圧されるのを望んだわけではないが、捕まえられるなら上等じゃないかという思いがなかったわけでもない。しかし、それよりは国民たる者の公憤で、時には怖いもの知らずに政府を攻撃し、社会悪を皮肉った漫画家の李某だ。

しかし、彼はどうしても頼みにいく勇気が沸かなかった。彼は勇気を奮い起こすためにトイレの中で、それ以上必要もないのに、そのまましゃがみこんでいた。タバコが吸いたいが、マッチがなかった。クロロマイシンを買って飲もう。そして、マッチも一箱買って。彼は突拍子もないことばかり繰り返し考えていた。彼は今、できるだけ突拍子もないことばかり考えるようにしていた。突拍子もない考えも含めて、彼の頭の中から「仕事を頼みにいく」という考えを追い出せた時、彼はこの新聞社の編集局のドアを押すことができそうな気がした。いわば向こう見ずに、一直線にドアの中に入りさえすれば、その時は仕方がないという心境で、多分、文化部長を訪ねるだろう。もし幸いにも、知っている人でもいたら、その人を通じて交渉してもらおう。彼は足がしびれてそれ以上しゃがんでいられなくなり、ようやく立ち上がった。彼はズボンをたくし上げ、トイレのドアから出るや、急用でもあるかのように真っ直ぐ編集局のドアに向けて足早に歩いていった。途中でたじろいだら永遠に入っていけないことを、彼は知っていた。とうとう彼は編集局のドアを開けて中に入った。

室内が予想外に狭くて汚かったため、彼は慌てた。彼は折よく自分の近くの机にいた女の子に、文化部長はいらっしゃるかと尋ねた。あちらです、と言いながら女の子が指した所には、さっきトイレに案内してくれた人がこちらを見ながらニコニコしていた。

「あの眼鏡をかけた、背の低い方ですか」

彼が女の子に尋ねた。

「はい、そうです」

彼は帰ってしまおうかと、しばしためらった。だが、恥ずかしいという感じよりもっと大きなものが彼を引っ張り、文化部長の前に立たせた。

「文化部長さんですか」

彼が言った。

「絵を描いていらっしゃる、李先生ですね。こちらにお座り下さい」

文化部長は彼に椅子を勧めながら言った。

「随分長い間、用を足されましたね。長い間なさると長生きするといいますから、おめでとうございます」

彼には文化部長の冗談が耳に入らなかった。この人が、私を知っていた。私が漫画家の李某であると、名乗りもしないのに知っていた。歓喜。

「ところで、どうなさったんですか。私はトイレに用があってこられたとばかり思っていましたが」

「ええ、実は、ちょっとお願いしたいことがありまして……あの、外でお茶でも一杯、いかがでしょう」

彼はつかえながら話した。

「そうしましょうか」

文化部長はすぐに席から立ち上がった。

「誰にでもそんな冗談をおっしゃるんですか」

階段を下りながら、彼が尋ねた。

「とんでもないです。李先生を存じ上げてますから、言ったんですよ。ご立腹なさいましたか」

「いいえ、実は、急に腹をこわしまして……」

「下痢ですね。そのくらいなら裸になって女でも抱いて一晩寝れば、すっきり治りますよ」

彼らは一緒に声を出して笑った。喫茶店に入っても、彼は長い間本題に入らなかった。

とうとう文化部長が時計をのぞき込みながら尋ねた。

「さっき、私に頼みたいことがあると……」

「はい」、彼は素早く答えた。

「実は、今度私が関係していた新聞と関係が切れました」

「そうでしたか。最近、李先生の漫画がなかったので、変だなと思ってたんですが。喧嘩でもしたんですか」

「いいえ、米国の漫画家の作品を載せる計画のようです」

「ああ、それですか。この前、うちの新聞にも交渉にきてました」

「米国の漫画家の方からですか」

「ええ、仲介人という人が訪ねてきました。もちろん、韓国人でしたけど」

「それで、どうなさったんですか」

「それはもう、話の外です。うちの社長が漫画に原稿料を出す人間だと思いますか。文化面を何人で作っているか、ご存知ですか。三人です。たったの三人で毎日何十枚かずつ、人のものをくすねて翻訳して出さなけりゃならないんです。漫画の連載なんか、思いもよらないことなんです」

「そうですか」

彼は絶望を感じながら言った。

「李先生が私を訪ねてくださった理由は多少わかりますが、ほぼ百パーセント不可能です」

「はあ、そうですか……、そういうところでお仕事なさっていたら、癪に触ることもあるでしょうね」

「こんな新聞社で耐え抜くには、私のような人間じゃなければダメなんです。不満があれば大声で叫び、腹が立てばインク瓶を投げつけなければ、我慢できません。もし黙り虫のように我慢ばかりしていたら、腹わたが腐ってしまって一日だって我慢できずに逃げ出してしまうでしょう」

「そのようですね」

「そのようじゃなくて、実際、そうなんです。さっきご覧になっておわかりでしょうが、うちの新聞社の記者の表情を見てくださいよ。誰かが自分に手出しするんじゃないか、そしたら三日でも四日でも噛みついてぶら下がってやるぞって表情じゃないですか」

「わかりませんでしたが」

「次の機会にでもちょっと観察してみてください」

彼はこのおしゃべりの文化部長の下品な冗談にうんざりしはじめた。神経の一本一本が逆立ち、彼は小さな音にもひどく驚いた。ふだんは意識しない、あらゆる騒音――喫茶店内の騒音と通りから聞こえてくる騒音が、すべて一度に彼の耳の中に押し寄せてきて、頭が割れそうだった。

「漫画の連載計画……ないでしょうね」

「はい、現在はありません」

「もし……」

彼はためらいながら言った。

「次に、機会があったら、私を……私に……」

「そうしますよ。必ず、そうします」

文化部長は軽快に答えてから、

「じゃあ、私も一つ、お願いしたいんですが」

「ええ、おっしゃってください」

彼は頼まれるのが嬉しくて大声で答えた。

「もし、イエス様を信じられるなら、うちの社長が早くくたばるように祈ってください」

文化部長は、はっはっはと笑ったが、このハリウッド式の冗談に彼はほろ苦い笑いがこぼれただけだった。

「お忙しいでしょうに、失礼しました。よろしくお願いします。出ましょうか」

先に彼が席から立ち上がりながら言った。

「ええ、じゃあ、私の方もくれぐれもお願いします」

文化部長も立ち上がりながら言った。そして、素早くレジに向かった。彼は当惑して書類用の封筒もテーブルの上に置いたまま、レジに向かう文化部長の後を走るように追いかけた。

「私がお誘いしたのに……」

彼は文化部長の腕をつかんだ。

「次回、お酒でも一杯、おごってください」

文化部長の手から金がすでにマダムの手に渡ってしまった。

彼らは外に出た。すぐにウェイトレスが、彼が忘れてきた、失くしても構わない書類用の封筒を持って追いかけてきた。

「これを」

ウェイトレスが叫んだ。

「ありがとう」

それを受け取った時、彼はふと侘しくなった。

文化部長と別れるや、彼はもう行くあてがなく、しばらくの間道の真ん中でまるで誰かを待っているように立っていた。クロロマイシン。彼はふと思い出し、四方を見回した。道の向こうにも、また自分のすぐ近くにも、「薬」という看板がいくらでもあった。彼は一番近い薬局に向かって歩き出した。

おそらく大学を出たばかりと思われる若い女は、下痢という一言に四種類もの薬を次々に出してきた。そして、一つ出すたびに長い説明をした。薬そのものの値段より説明代の方が高いなと思いながら、彼はイラついて「クロロマイシン！」と不平をならす口調で言った。

「クロロマイシンとこれを、一緒に飲んでください」

「ここで飲まなきゃならないんですが……」

カプセル入りのクロロマイシンと真っ黒な粉薬を口にほおりこみ、女が渡してくれたコップの水を飲んだ。コップを受け取る時、女の手に大きな傷があるのが見えた。

「手に傷がありますね」

彼はコップを返しながら何気なく言った。女の顔がすぐに赤くなった。

「実験していて……大学時代に……」

消え入りそうな女の声を聞いていたら、彼は鼻がツンとしてきた。すぐに勘定をすませ、そそくさと追われるように外へ出た。

「そんなに急いで、どこへ行くんですか」

彼の方に向かって歩いてくる背の高い人が、足を止めないまま彼に言った。知りあいのカメラマンだった。

「どちらへ？」

彼は嬉しくて早口で挨拶を返した。

カメラマンはすでに彼の前を通り過ぎながら、

「李さん、今度、ちょっと会いましょう」

と言って行ってしまった。

彼は彼らの話し方を知っていた。あの都会の語法を、そして彼はいつもその語法にうまく騙された。今しがたカメラマンが言った、「今度、ちょっと会いましょう」は、その意味にしたがって正確に表記すれば、「じゃあ、また今度、会いましょう。さようなら」である。

ところが、彼らは「ちょっと」という副詞を入れて、聞く側の気持ちをおかしくさせてしまう。「今度、ちょっと会いましょう」、ひょっとしたらあなたに仕事の口を紹介できるかもしれませんから、とか？ 考えてもみよ。そうとしか、聞こえないではないか。彼は午前中、彼が関係していた新聞社で文化部長に騙されたことを思い出した。

彼が解雇されたのを知らせる前に、文化部長はまず「今日の分の漫画を、ちょっと……」と言ったのだ。それで、自分が解雇されるだろうと予測していた彼を当惑させたのだ。「今日の分の漫画……」と言ったなら、彼は自分が解雇されてはいないことがわかっただろう。あるいは、「今日から、描く必要がなくなりました」と言えば、残念だが、それも意味ははっきりしている。ところが、「今日の分を、ちょっと……」と言ったのだ。今日の分の漫画を見て面白ければつづけると、そうじゃなければ解雇だ、としか聞こえなかったあの言い方。急に彼はウワーッと叫びたい衝動に駆られた。

そんな衝動を抑えながら、彼はのろのろと歩いた。通りの角にある公衆電話が目に飛び込んできた。家に電話があったら、妻を呼び出せるのに。妻と一緒に、夜遅くまで通りをうろつきまわったらいい。ウィンドー・ショッピングでもしながら、そうだ、ウィンドー・ショッピングでもしながら。

彼は誰でもいいから電話をかけて話がしたかった。すぐに思い出したのが、昨夜酒をおごってくれた先輩の漫画家、金先生だった。金先生は勤務先の新聞社にいた。

「金先生、結局、首を切られました」

電話の向こうで、しばしの沈黙が流れた。

「そうか、また、一杯やろうか」

「そうしましょう。出てきてください。いや、私が先生のところに行きます」

「こいよ、また、一杯やろう」

受話器を置いて出てくると、彼は少し気が軽くなった。

彼は金先生が注いでくれる酒をぐいぐい飲んだ。

「もう少しゆっくり飲めよ」

金先生は心配している様子だった。

「大丈夫です」

彼は手で口の周りを拭きながらニッコリした。

「わが国の漫画家の、あの素朴ながらも絵画的な線が、どれほど素晴しいか、わが国の人間にはわからないんだ」

金先生は杯の中をのぞきこみながら呟いた。

「機械で描いたようなヤンキーの漫画が本物だと思ってるんだ」

「漫画は可笑しけりゃ、それでいいのに。絵画的だ、そうじゃないだのと、求めるようになったんですか」

彼はまた酒を煽った。金先生は彼をじろりと見た。

「私が軍隊にいた時のことです」

彼は言った。

「他の人は、私が政訓に発令されたと言って、うらやましがりました。楽だというんです。でも、私はですね、銃をとらないから、軍人の気分になれなかったんです」

酔いが回るのを感じながら、彼は言った。

「多分、あの時銃をとった連中が、今は安定した職場についているんでしょう。私はいつも漫画ばかり描いて、他の人は楽だろうとうらやましがるけど、実は不安で、どうしたらいいか、わからないんです」

「そうなのか?」

金先生が言った。

「酒がなければ、ですね……」

二人の後ろの席に座っている連中の一人が叫んだ。

「人生というものはだな……」

「あっ、また出た」

「あっ、その話、もう聞きたくないから酒はやめるぞ」

誰かが叫んだ。

「文化部長が、お茶でも一杯、と言ったんです」

彼は内心、自分が漫画の連載を頼みに言った文化部長のことを考えながら、話していた。

「喫茶店に行って、あの御仁が言ったんです。人を笑わせる方法のパターンをいくつか知っているからといって、漫画家になれるわけではない。あの御仁が、そう言ったんです。ガマのような目玉をギョロつかせて」

コーヒー代を出し抜いて払った、あの背の低い文化部長、俺にひどく赤っ恥をかかせてくれた。

「それで、ですね。お前はクビだ、と、こうなんです」

自分らの社長が早くくたばるように祈ってくれと言った、あの人間。俺はまったく面白なく、たまげてしまった。

「お茶でも一杯。それは、一種の媚だ。おわかりですか、金先生」

彼は舌がよく回らなかった。

「それは、私があそこで誠意を尽くした、一つの偶然が終わり……」

彼は酒を一口ゴクリと飲んだ。

「新しい偶然が近づいてきたという兆しだ。へへっ、これは楽観的でしょ、金先生?」

彼は金先生がさっき空けた杯に、酔って震える手で酒を注いだ。

「お茶でも一杯、それは、この灰色の都市の暖かな悲劇だ。おわかりですか。金先生、解雇しておいて、お茶でも一杯飲もう、というこの人情、東洋的な、特に韓国的な美談……」

「あの、子ども新聞に描いているものでも、一生懸命やってなさい。待ってれば、また何か出てくるはずだから」

金先生が杯を取りながら言った。

「さあ、飲もう」

彼は自分の杯を取ろうとした。取りそこねて、杯をひっくり返してしまった。彼はこぼした酒を指先につけ、テーブルの上にアトムX君の顔を描きはじめた。

「さあ、アトムX君、お茶でも一杯、飲みましょうか。君ともお別れだ。ええっと、どこで、別れることになってたんだっけ」

彼は絵を描いていない方の手で、自分の額を一回ぴしゃりと叩いた。頭がズキズキしたからだ。

「おお、火星人の計略に落ちて、君が捕虜になって……まさに生命の危険となったところで、〝つづく〟だったなあ……。すまん、アトムX君……人はいつもそれを求めるんだ。ハラハラするところで、〝つづく〟」

彼は描いたアトムX君の顔を、指先にまた酒をつけて消しはじめた。

「すまん、アトムX君。何とか、君の力で、敵陣をついて脱出せんことを願う。もう俺は……力がないんだ。俺と別れても……君、広大な宇宙で」

と言いながら、彼は両腕を大きく広げた。

「暗い空間の中で、永遠の少年として、生きてくれ」

夜遅くまで、彼らはそんな風に飲み屋に座っていた。

金先生が脇を抱えて乗せてくれたタクシーで彼は家に帰った。タクシーの中で彼は酒が少し冷めていた。タクシーに乗る時に金先生が握らせてくれた書類用の封筒を、彼はタクシーにおいたまま降りた。

「また酒を飲んできちゃった。悪いね」

彼はドアを開けながら、妻に言った。

「すっかりお酔いになったのね」

妻は夫が帰ってきたのが嬉しくてピョンピョンと飛びはねるように出てきた。

「痛かったお腹は、いかがですか」

「クロロマイシンを飲んだんだ。クロロマイシンだ。傷があったんだ」

「どこに傷があるんですか」

「どこって、決まってるじゃないか。クロロマイシンだよ」

「本当に酔ってらっしゃるのね」

妻は彼を布団の上に横たえた。隣の部屋からミシンを回す音が聞こえていた。

「かなり地道に暮らす振りをしてるね」

彼が言った。

妻は夫の髪を撫でていた。その時、隣の部屋からおならの音が鈍く、壁を揺らして聞こえてきた。

「それでも、仕方なく麦飯を食べるしかない身の上ですもの」

妻がクックッと笑いながら、彼の耳に口を当ててささやいた。もうよそう、妻よ。急に彼の笑いが弾けた。はっはっはっ……かなり長い間、笑ったようだ。隣のおばさんは今頃赤面しているのだろう。ミシンの音が止んでいた。ミシンを回してくださいよ、おばさん、早くミシンを回してください、笑い声が寝言だったことにはできないか、と彼は考えた。そう思いながら、昼間バスの中で、自分に席を譲ってくれた老人を思い出した。おばさん、それは健康な証拠です。ミシンを回してください、早く回して下さい。そのうち、ミシンを回す音が再び聞こえてきた。ふん、おならをちょっとしたからって、と言いながら、口を尖らせたおばさんの顔が見えるようだ。そうですとも、おばさん。おならをちょっとしたからといって、ミシンの音を止めねばならないわけではありません。回してください、早く。

彼は両腕で妻の上半身を抱いた。そうしながら、将来自分も妻を殴るようになるかもしれないと、ふと思った。すると、将来迫ってくる、まだ確認されていない多くの日々が恐ろしくなり、彼は泣き声を上げそうになった。

彼は妻を抱いている自分の腕に力を込めた。

（一九六四年）

【訳注】 ＊1 三粉暴利：一九六三年に三つの粉、砂糖・小麦・セメントの価格を操作して財閥が暴利を得るとともに、与党政治資金となった事件

＊2 政訓：軍隊の報道・宣伝の担当

霧津《ムジン》紀行

霧津行きのバス

バスが山の麓をまわる時、私は「霧津 Mujin 10km」という里程碑を見た。それは昔と一つも変わらぬ姿で道端の雑草の中から突き出ていた。私の後ろの席に座っている人たちの話し声がまた聞こえてきた。「あと十キロですね。」「ええ、もう三十分ほどで着くでしょう。」彼らは農業関係の視察員らしい。いや、そうじゃないかもしれない。いずれにせよ、彼らは色柄の半袖シャツにテトロンのズボンという出で立ちで、通り過ぎる村々や野山について、おそらく農業関係の専門家でなければできない観察をし、専門用語で話しあっていた。光州で汽車からバスに乗り換えた私は、彼らが田舎者らしからぬ低い声で気取って話しているのをうとうとしながら聞いていた。バスはずいぶん空いていた。その視察員らの話によれば、農繁期でみんな旅行する暇がないからだという。「霧津には名物といっても……これといったものはないでしょ?」と、彼らは話をつづけた。「特にないですね。それなのに、あんなにたくさんの人が暮らしているなんて、ちょっと妙ですね。」「海が近いから、港として発展することもできたでしょうに。」「いらしてみればわかりますが、そうした条件に適っているわけでもないのです。水深が浅いうえに、そんな浅い海を何十里も沖へ出なくちゃ、水平線の見える本物の海らしい海は現れないんですから。」「それじゃあ、やっぱり農村ですね。」「でも、これといった平野があるわけでもないんです。」「それじゃあ、その五、六万にもなる人口はどうやって暮らしてるんです？」「ですから、どうにかこうにかっていう言葉があるんじゃないですか。」彼らは上品に声を立てて笑ってから一人が言った。「しかし、いくら何でも、名物の一つぐらいはなくちゃね。」

　霧津に名物がないわけではない。私はそれが何であるかを知っている。霧だ。朝、寝床から起きて外に出ると、夜中に侵入してきた敵軍のように霧が霧津を包囲しているのだ。霧津を取り囲んでいた山々も霧によってはるか彼方に流されてしまって見えない。霧はまるで、この世が恨めしくて毎晩やってくる女の幽霊が吐き出す息のようだった。日が昇り、風が向きを変えて海から吹いてくるまで、人の力でそれをはらいのけることはできなかった。手でつかむことはできないが、それは確かに存在していて人々を包みこみ、遠くのものから人々を隔離してしまう。霧、霧津の霧、霧津の朝に人々が出会う霧、人々に太陽と風を切望させる霧津の霧、これが霧津の名物でなくて何であろう！

　バスの揺れが少しおさまった。バスの揺れが大きくなったり小さくなったりするのを私は顎で感じていた。体の力を抜いていたので、砂利の敷かれた田舎道を走っている間、バスが跳ね上がるたびに私の顎も一緒にがくんがくんとした。顎ががくんがくんするほど体の力を抜いていたら、緊張して乗っている時より疲労が増すことは知っていた。しかし、開け放たれた窓から入りこんで私の露わになった肌を容赦なくくすぐりながら吹きぬけてゆく六月の風に、私はうとうとと眠りに誘われて力を入れることができなかった。風は無数の微粒子からなっていて、その粒子はあらんかぎりの睡眠薬を含んでいるように私には思われた。その風の中には、新鮮な陽射しとまだ他人の汗ばんだ肌に触れたとのない清らかな冷気、それに今このバスが走っている道を包み込み、バスに向かって迫ってくる山並み、その向こうに海があることを知らせてくれる塩気、そうしたものが奇妙に一つに混じりあって溶けていた。新鮮な陽射しの明るさと肌に弾力を与える程度の空気の冷たさ、そして潮風ほどの塩分、この三つを合成して睡眠薬を作り出せたなら、それはこの地上のすべての薬屋の陳列棚にあるどんな薬よりも爽やかな薬になり、私はこの世で一番儲かる製薬会社の専務になれるだろう。なぜなら、人は誰でも静かに眠りたいと思っているし、静かに眠るというのは気持ちのいいことだからだ。

そんなことが頭に浮かぶや、私は苦笑いをもらした。同時に霧津に近づいたということがいっそう実感された。霧津にきて私が考えることといったら、いつもそうした突拍子もない空想や支離滅裂なことばかりだった。他のところでは思いつきもしない呆れたことを霧津では何の恥ずかしげもなく、はばかることもなく思いつくのだった。いや、霧津では私が何かを考えてどうこうするのではなく、ある考えが私の外部で勝手にでき上がって私の頭の中に押し入ってくるようだった。

「あなた、顔色がとても悪いわ。お義母さまのお墓参りに行くことにして、何日か霧津に行ってらっしゃいよ。株主総会のことは父と私でうまくやっておきますから。久しぶりに新鮮な空気を吸って戻ってらしたら、あなたは大回生製薬の専務よ」と、数日前の晩、妻は私のパジャマの襟を指でいじりながら心から勧めてくれた。その時、無理やり行きたくないお使いにやらされる子どもが不平をこぼすみたいに、私が口の中でちょっとブツブツ言ったのは、霧津ではいつも自分を喪失せざるをえなかった過去の経験からくる条件反射だった。

私がちょっと年を取ってから霧津に行ったのは何度もないが、その何度にもならない霧津行きはいつも私にとって、ソウルでの失敗から逃げ出す時だったり、とにかく何か新たな気分で出直す必要がある時だった。再起を期す時に霧津に行くのは決して偶然ではなかったが、かといって霧津に行けば新たな勇気や新たな計画が自然に生まれるというのでもなかった。むしろ私はいつも霧津で閉じこもっていた。汚い身なりに黄ばんだ顔をして、いつも小部屋でごろごろしていた。目を覚ましている間は時間の無数の隊列がぼんやり突っ立っている私を嘲笑いながら通り過ぎ、眠っている間は長い悪夢に苛まされた。霧津といえば、私を世話してくれる年寄りに対する苛立ち、小部屋の中での空想や不眠を追い払うための手淫、しばしば扁桃腺を腫れさせたきついタバコの吸いさし、郵便配達を待っている時の焦燥感の類を私は連想した。もちろん、そうした連想ばかりではない。ソウルの通りのどこであれ、聴覚がふと外部に向かうや無慈悲に押し寄せてくる騒音によろめく時や、夜更けに新堂洞《シンダンドン》の家の前の舗装された路地を車で上っていく時に思い浮かんでくるのは、水を満々とたたえた川が流れ、芝におおわれた土手が一里半先の海辺まで延び、小さな林があって橋と路地と土塀が多く、高いポプラに囲まれた運動場のある学校、海辺から採ってきた真っ黒な砂利を敷いた庭のある事務所、竹で作った縁台が夜道に出してある田舎、それがまさに霧津だった。ふと閑寂が恋しい時も、私は霧津を思い浮かべた。しかし、そんな時の霧津は、私が観念の中で思い描いている、どこかおぼろげな場所に過ぎず、そこには人が暮らしていなかった。霧津といえば、連想するものはどうしても暗かった青年期の私だった。

　とはいえ、霧津への連想が尻尾のようにいつも私について回っていたわけではない。むしろ、私の暗かった歳月が一応過ぎ去った今では、私はほとんど霧津を忘れていたといえる。昨晩ソウル駅で汽車に乗った時も、もちろん見送りにきてくれた妻や数人の社員に言いおくことがあまりに多くて、それに気をとられていたせいもあったろうが、とにかく私は霧津に対する、あの暗い記憶がそれほど実感をもってよみがえってはこなかった。だが今朝早く、光州で汽車を降りて駅の構内を抜ける時、一人の狂女があの暗い記憶をいきなり引っつかんでたぐり寄せ、私の前に投げつけた。その狂った女はナイロンのチマ・チョゴリをきれいに着こなしていて、腕には季節に合わせて選んだらしいハンドバッグを持っていた。顔もきれいな方で化粧は派手だった。その女が狂っているとわかったのは、休みなく動いている瞳と彼女を取り囲んで生あくびをしながらからかっている靴磨きの子どもたちのためだった。「勉強しすぎて、おかしくなっちゃったんだってさ。」「ちがうよ、男にふられたんだ。」「あいつ、アメリカの言葉もすごくうまいんだぞ。しゃべらせてみようか」と、子どもたちはそんなことを声高に話していた。少し年嵩のにきび面の靴磨きが彼女の胸を指でつつくと、そのたびに彼女は無表情な顔のまま悲鳴を上げた。その悲鳴は、私が霧津の小部屋で書いた昔の日記の一節を思い起こさせた。

まだ母が生きていた頃、朝鮮戦争で大学の講義が中断された時のことだ。ソウル発の最後の列車を逃がした私は、足の指が腫れて何度も裂けたが、ソウルから霧津まで百余里の道を歩いて帰った。私は母によって小部屋に閉じ込められ、義勇軍の徴発も、その後の国軍の徴兵も忌避しつづけた。私が卒業した霧津中学校の上級生が薬指に包帯を巻き、「この身死して国救われるなら……」と歌いながら村の広場に止まっているトラックに向かって行進し、そのトラックに乗り込んで前線に出発した時も、私は小部屋の中にうずくまって彼らの行進が家の前を通り過ぎる音を聞いているだけだった。戦線が北上して大学の講義が始まったという知らせが聞こえてきた時も、私は霧津の小部屋に隠れていた。すべては未亡人だった母のためだった。みんなが戦場に追いたてられた時、私は母親に追いたてられて小部屋の中に隠れて手淫をしていた。隣家の若者の戦死通知がくると、母は私の無事を喜び、たまに前線の友人から軍事郵便でもこようものなら、私に内緒でそれを破り捨ててしまうのだった。私が小部屋より戦場を選びたがっているのを知っていたからだ。その頃書いた日記帳は、後に燃やしてしまって今はないが、どれもこれも自分を侮蔑し、汚辱を笑いながら耐えている内容だった。「母さん、もし私が狂ってしまったら、おおよそ次のような原因ですから、その点に留意して治療してください……」、こんな日記を書いていた頃のことを、早朝の駅構内で見かけた狂女が私の眼前に引きずり出したのだ。霧津に近づいたことを、私はその狂った女を通じて感じ、またさっき見た雑草の中から突き出た、埃をかぶった里程碑を通じて実感した。

「今度、君が専務になるのは間違いないから、一週間ほど田舎に行って緊張をほぐして十分に休んできたまえ。専務ともなれば、責任は一層重くなるからね。」妻と義父は自分たちも知らぬ間に、極めて賢明な勧め方を私にしてくれたわけだ。私が緊張をほぐせる、いやほぐしてしまうしかない場を霧津と定めてくれたのは大変賢明なことだった。

バスは霧津の邑内に入っていた。瓦屋根もトタン屋根も藁葺き屋根も、六月下旬の強烈な陽射しを浴びてみな銀色に輝いていた。鉄工所のハンマーの音がしばしバスまで駆け寄ってきたが遠退いた。どこからか糞尿の臭いが漂い、病院の前を通る時にはクレゾールの臭いがし、どこかの店のスピーカーからは間延びした流行歌が流れてきた。通りはがらんとしていて、人々は軒下の日陰にしゃがみこんでいた。子どもたちは裸になってひょこひょこと日陰の中を歩き回っていた。邑の舗装された広場もほとんど人気がなかった。陽の光だけがその広場の上で燃えたぎり、その眩い陽射しの中、静寂の中で二匹の犬が舌を垂らして交尾していた。

夜に会った人々

夕食の少し前、私は昼寝から覚めて各新聞社の支局が集まっている通りに出かけた。叔母の家では新聞をとっていなかった。だが新聞は、都会人なら誰でもそうだが、今や私の生活の一部として一日の始まりと終わりに不可欠だった。私が訪ねた新聞社の支局に叔母の家の住所と略図を描いて渡してきた。外に出る時、背後で支局にいた人々が何やら囁きあっているのが聞こえた。どうやら私を知っている人たちらしい。「……そう？　高慢ちきに見えるけど……。」「……出世したんだって？」「……昔……肺病……。」そんな囁きの中で、私は外に出ながら密かにある一言を待っていた。しかし、ついに「さようなら」は出てこなかった。それがソウルとの違いだった。今や彼らはひそひそ話の渦中に引き込まれているのだろう。我を忘れて、後でその渦の外に放り出された時に感じるであろう虚しさも知ったこっちゃないというように、彼らはひそひそ、またひそひそと囁きあっていることだろう。海の方から風が吹いていた。数時間前にバスを降りた時より、通りはかなりにぎわっている。子どもたちは下校中だった。彼らは鞄が煩わしいのか、鞄をぐるぐる振り回したり、担いだり、両手で抱えこんだりしながら歩いていた。中には舌先につばで玉をこしらえて息で吹き飛ばしている生徒もいた。学校の先生や会社員も空の弁当箱をカチャカチャ鳴らし、ぐったりした様子で通り過ぎていった。その瞬間、そのすべてのことが私には悪戯のように思われた。学校に通うということ、生徒を教えるということ、事務所に出退勤するということ、これらすべてのことが不真面目な悪戯のような気がした。人々がそれにしがみつき、呻いているのが可笑しく思われた。

叔母の家に戻って夕飯を食べていると、訪ねてきた人がいた。朴という霧津中学校の何年か後輩の彼は、一時期読書狂といわれた私をとても尊敬している様子だった。彼は学生時代、いわゆる文学少年だった。アメリカのフィッツジェラルドが好きだという彼は、だがフィッツジェラルドのファンらしくなく、とても大人しくて何事にも厳粛で、しかも貧しかった。「新聞社の支局にいる友人から、いらっしゃったと聞きました。どうかなさったんですか」と、彼は本当に懐かしそうだった。「僕が霧津にきちゃいけないかい?」と答えながら、私は自分の言葉に引っかかった。「ずいぶん長い間いらっしゃらなかったので。私が軍隊をちょうど除隊したばかりの時にこられて以来、今度が初めてですから、もうすでに……。」「もう四年になるか。」四年前に私は、経理の仕事をしていた製薬会社がもう少し大きな別の会社と合併したあおりで職を失い、霧津に帰っていたのだ。いや、単に職を失ったという理由だけでソウルを離れたのではない。同居していた彼女さえそのままそばにいてくれたなら、失意の霧津行きはなかったろう。「ご結婚なさったそうですね?」と、朴が尋ねた。「うん、君は?」「私はまだです。いいとこのお嬢さんとご結婚なさったと聞きました。」「そうか、どうして結婚しないの。今年いくつだっけ?」「二十九です。」「二十九か、九という数字はどうもよくないって言うけど。今年は何とかしなくちゃな。」「そうですね」と、朴は少年のように頭をかいた。

四年前だから、その時の私は二十九で、同居していた彼女が私のもとを去った頃、今の妻の前夫が死んだのだ。「何か良くないことでもあったんじゃないでしょうね。」昔のいきさつを多少知っている朴は、そう尋ねた。「いや、どうやら昇進するらしくて、何日か休暇をもらったのさ。」「それはよかったですね。解放後の霧津中学出身者の中では先輩が一番出世なさったと、みんな言ってます。」「僕が？」と、私は笑った。「ええ、先輩と先輩の同期の趙先輩です。」「趙といやあ、僕と親しくしていたあいつかい？」「はい、その先輩が一昨年だか、高等考試にパスして、今ここの税務署長をしてるんです。」「へえ、あいつがねえ。」「ご存知なかったんですか？」「お互い、連絡とってなかったからな。あいつ、以前はここの税務署の職員だったろ、たしか？」「はい。」「そりゃあ、よかった。今晩、あいつのとこにでも行ってみるか？」趙は背が低くて、どちらかと言えば色黒だった。それで背が高くて色白な私に劣等感を感じると、よく私に言っていた。「昔、手相が悪いといわれた少年がいた。その少年は爪で自分の手の平に幸運の線を刻んで一生懸命に働いた。ついにその少年は成功して幸せに暮らした」、趙はこういう話に一番感激するやつだった。「ところで、君は今、何してるの？」と、私が朴に尋ねた。朴は顔を赤らめて、しばらくもじもじしていたが、母校で教鞭をとっていると、それが何か過ちでもあるかのように口ごもりながら答えた。「いいじゃないか。本を読む余裕があるんだから、結構なことじゃないか。僕なんか、雑誌一冊読む暇もないんだ。何を教えているの？」後輩は私の言葉に勇気を得たのか、さっきよりいくぶん明るい声で答えた。「国語を教えていますます。」「そりゃいい。学校から見たら、君のような先生を得るのも難しいだろう。」「そうでもありません。師範大学出が幅を利かせているので、教員資格試験に合格しただけじゃ、一般大学出身者は肩身が狭いんです。」「そんなもんかね？」朴は答えずに苦笑いを浮かべた。

夕食後、私たちは一杯だけ酒を飲み、それから税務署長になった趙の家に向かった。通りは真っ暗だった。橋を渡る時、川辺の木々がおぼろげに水面に映っているのが見えた。昔いつだったか、やはりこの橋を夜中に渡りながら、私はあの真っ黒に身をすくめている木々を呪ったものだ。今にも声をあげて飛びかかってきそうな姿で木々が立っていたからだ。世の中に木がなかったら、どんなにいいかとも思った。「みんな昔のままだな」と、私が言った。「そうでしょうか」と、後輩がつぶやくように言った。

趙の応接間には四人の客がいた。私の手を痛いほど握りしめて揺さぶる趙の顔が昔より艶やかになり、肌もかなり白くなったのを私は見ていた。「さあ、座ってくれ。どうもむさくるしいところで……、早く女房をもらわなきゃならないんだが……。」しかし、部屋は決してむさくるしくなかった。「なんだ、まだ結婚してないのか」と、私が尋ねた。「法律の本にしがみついてたら、このあり様さ。さあ、座って。」私は先にきていた客たちに紹介された。三人は男で税務署の職員、一人は女で、私と一緒にきた朴と何やら話を交わしていた。「さあ、内輪の話はそれぐらいにして、先生、ご紹介しましょう。中学の同級生の尹熙中《ユンヒジュン》君です。ソウルにある大きな製薬会社の役員さん。こちらはわが母校の音楽の先生でいらっしゃる河仁淑《ハインスク》さん、去年ソウルの音大を卒業された方です。」「あ、そうですか。同じ学校にいらっしゃるんですね。」私は朴とその女の先生をかわるがわる指差しながら、彼女に言った。「ええ」と、彼女はにっこり笑って答え、後輩はうつむいてしまった。「霧津が故郷なんですか。」「いいえ、辞令がこちらに下りたので、一人できてるんです。」彼女は個性的な顔立ちをしていた。面長で目が大きく、黄色っぽい顔色をしていた。全体的に病弱な感じがしたが、やや高めの鼻筋と厚ぼったい唇が病弱という印象を薄めていた。そして、よく響く澄んだ声が鼻と唇の与える印象を一層強めていた。「専攻は何ですか。」「声楽の勉強を少ししました。」「ですが、河先生はピアノもたいへんお上手です」と、朴が慎重な口ぶりで脇から話に加わった。趙も口を出した。「歌がとてもお上手なんだ。ソプラノがすばらしい。」「ああ、ソプラノですか」と、私が尋ねた。「ええ、卒業演奏会の時には『蝶々夫人』の中から『ある晴れた日に』を歌いました」と、彼女が卒業演奏会を懐かしんでいるかのような声で言った。

床にはシルクの座布団が敷いてあり、その上に花札が散らばっていた。霧津の花札だ。今にも唇を焼きそうなほど短くなったタバコの吸いさしをくわえ、タバコの煙に涙をにじませながら目を細め、すでに正午近い時刻になってやっと寝床から起き出してその日の虚しい運勢を占っていた、あの花札だった。あるいは、自分を投げ出すようにして加わった、いつかの賭場、その賭場で熱くなる頭と指を除けば自分の体をまったく感じなくさせた、あの花札だ。

「花札があるんだ、花札が」と、私は一枚拾い上げてバチッと音がするように打ちおろし、再びそれを拾い上げては打ちおろし、また拾い上げては打ちおろして呟いた。「どうでしょう、お金を賭けて一勝負やりませんか」と、税務署の職員の一人が私に言った。私は嫌だった。「次の機会にしましょう。」税務署の職員たちはにこにこ笑った。趙が奥に入って出てきた。しばらくして酒の膳が出された。

「今回は、どれくらいいるんだい?」「一週間ほど。」「招待状も寄こさずに結婚してしまうって法が、どこにあるんだ？　もっとも招待状をもらっても、あの頃は税務署でそろばん玉をはじいていた時だったから、どうしようもなかったろうけどな。」「オレはやらなかったけど、お前の時は招待状を送ってくれよ。」「心配するな。今年中には送れるようになるから。」私たちはあまり泡の立たないビールを飲んだ。「製薬会社といえば、薬をつくるところでしょ？」「そうです。」「じゃあ、一生病気にかかる心配はありませんね。」とても面白いことを言ったというように、職員たちは床を叩きながら長いこと笑った。「あっ、そうだ、朴君、生徒に大変な人気なんだって。……歩いてたかだか五分程度の距離なのに、どうしてオレんとこには遊びにこないんだ。」「いつも考えてはいましたが……。」「あそこに座っておいでの河先生から、君の話はよく聞いてるよ。さあ、河先生、ビールは酒には入りませんから、一杯どうぞ。いつもはそうでもないのに、今夜は何でそんなにすましてるんです？」「はい、はい、そこに置いてください。飲みますから。」「ビールぐらい、飲んだことがあるんでしょ？」「学生時代、友だちと一緒に中から鍵をかけて焼酎だって飲んだんですよ。」「こりゃ、そんな酒飲みとは知らなかったな。」「飲みたくて飲んだんじゃなくて、試しにちょっと味見したんです。」「それで、味はいかがでしたか。」「わかりません。杯を口から離したとたん、グーグー眠ってしまったんですもの。」みんな笑った。ただ朴だけが無理して笑ったような笑い方だった。「いつも思ってるんだけど、河先生のいいとこはそこなんだな。できるだけ話を面白くしようってところ、まさにそれだな。」「わざと面白くしようとしてるんじゃありません。学生時代の癖なんです。」「ははあ、それそれ、そこが河先生の悪いとこなんだな。『学生時代』ってのを入れないと話ができませんか。私みたいに大学の門前にも行ったことのない者には恨めしくてたまりません。」「すみません。」「じゃあ、私に謝る意味で、歌を一曲お聞かせ願えませんか。」「そりゃ、いいですね。」「結構ですね。」「お願いしましょう」と言って、みんなが拍手した。彼女はもじもじしていた。「ソウルからお客さんも来ていることだし……この前歌った、あれ、とてもよかったですよ」と、趙が催促した。「じゃあ、歌います。」彼女はほとんど無表情で、口をわずかに動かして歌いはじめた。税務署の職員たちが指で酒膳を叩きはじめた。彼女は「木浦《モッポ》の涙」を歌っていた。「ある晴れた日に」と「木浦の涙」の間にはどれほどの類似性があるのだろう。あのアリアで鍛えた声帯から流行歌が出てくるようにしているものは何なのか。彼女が歌う「木浦の涙」には、酌婦の歌にあるようなこぶしがなく、流行歌を生かす声の割れがなく、流行歌にありがちな哀れさがなかった。彼女の「木浦の涙」はもはや流行歌ではなかった。とはいえ、「蝶々夫人」のアリアではさらになかった。それは以前にはなかった、ある新しい様式の歌だった。その様式は流行歌が中身とする哀れさとは異なる、もう少し冷酷な哀れさを含んでおり、「ある晴れた日に」の絶叫よりもはるかに高いオクターブの絶叫を含んでいた。そして、その様式には髪を振り乱した狂女の冷笑が滲んでいて、何よりも死体が腐っていくような霧津のあの臭いが染み込んでいた。

彼女の歌が終わると、私は意識的に馬鹿みたいな笑いを浮かべて拍手をし、そして第六感とでもいうか、後輩の朴がこの場から離れたがっているのに気づいた。朴の方をみると、私の視線を受けた朴は待ってましたとでもいうように席を立った。誰かが座っているように勧めたが、朴はしらっとした笑いを浮かべて辞退した。「お先に失礼いたします。先輩、明日またお目にかかります。」

趙は門までついていき、私は大通りまで朴を見送った。夜更けでもないのに、通りは寂しかった。

どこからか犬の鳴き声が聞こえ、数匹のねずみが大通りの上で何か食べていたが、私たちの影に驚いて逃げていった。「先輩、ほら、霧が出てきましたよ。」案の定、大通りの先の灯りがぽつりぽつりと点っている遠い住宅地の黒い風景が消えつつあった。「君、河先生が好きなんだね」と、私が尋ねた。朴はまたしらっとした笑いを浮かべた。「彼女と趙君は、何か関係があるのかな?」「わかりません。趙先輩が結婚相手の一人に考えているようです。」「君があの人を好きなら、もっと積極的に出なきゃだめだぞ、うまくやれよ。」「何もそんな……」と、朴は少年のように口ごもった。「あの俗物たちの間で流行歌を歌っているのが、ちょっと哀れに見えただけですよ。それで出てきたんです。」朴は怒りを抑えているかのように低い声で言った。「クラシックを歌う場所があり、流行歌を歌う場所は別にある、それだけのことだろう。なに、哀れむこともあるまい。」私は嘘で彼を慰めた。朴は帰り、私はまた俗物たちの仲間に交じった。霧津では誰もがそう思うのだ。他人はみな俗物だと。私もやはりそう思うのだ。他人の行為はすべて無為に等しい重さしかない戯れであると。

夜もかなり更けて私たちは腰をあげた。趙は私に泊まっていくように勧めた。だが、翌朝寝床から起きてその家を出るまでの不自由さを思い、私は外へ出た。職員たちとも途中で別れ、最後は私と彼女だけになった。私たちは橋を渡っていた。黒い風景の中で川面は白く伸びており、その白い姿の先は霧の中に消えていた。「夜は本当に素敵なところですわ」と、女が言った。「そうですか。それはよかった」、私が言った。「どうしてよかったとおっしゃるか、私、想像がつきます」と、女が言った。「どの程度まで想像なさったんですか」、私が尋ねた。「実際は、味わいのないところですから。私の答、当たりました?」「大体ね。」私たちは橋を渡り終えた。そこで別れねばならなかった。彼女は川沿いの道を行き、私は真っ直ぐ行かねばならなかった。「ああ、そちらですか。では……」と、私が言った。「もう少し送ってください。この道はとても静かで怖いんです。」彼女は少し震える声で言った。私は再び彼女と並んで歩いた。急にこの女と親しくなったような気がした。橋が終わったその地点から、彼女が本当に怖がって震えるような声で、私に送ってくれと頼んだその時点から、彼女が私の人生の中に割り込んでくるのを感じた。私の友人たちのようにもう関係ないとは言えない、時には私が彼らを傷つけたこともあったが、それよりもっと私を傷つけた私のすべての友人のように。「初めてお会いした時、何て言いますか、ソウルの臭いがするって言いますか、ずっと前から知ってる人のように感じました。本当に変でしょ？」、急に彼女が言った。「流行歌」と、私が言った。「えっ？」「いや、どうして流行歌なんか歌うんですか。声楽の勉強をされた人は、できるだけ流行歌を遠ざけるんじゃありませんか。」「あの人たちがいつも流行歌ばかり歌えって、言うもんですから」と答えてから、彼女は恥ずかしそうに低く笑った。「流行歌を歌わないようにするには、あそこに行かない方がいいと言ったら、内政干渉になりますか。」「はい、これからは行かないつもりです。本当につまらない人たちです。」「じゃあ、どうして今まであんなとこに遊びに行ってたんですか。」「退屈だったからですわ」と、彼女は力なく答えた。退屈、そう、それはもっとも正確な表現だ。「さっき朴君は、河先生が流行歌を歌ってらっしゃるのが見ていられないと言って帰ってしまいました。」暗闇の中で、私は彼女の顔をうかがった。「朴先生は本当に堅物なんですもの」と、彼女は愉快そうに高い声で笑った。「善良なやつですよ」、私が言った。「ええ、善良すぎますわ。」「朴君が河先生のことを愛していると思ったことはありませんか。」「もう、河先生、河先生とおっしゃらないでください。お兄さんと言っても、私の一番上の兄にあたるくらいの方なのに。」「じゃあ、何と呼びましょうか。」「名前をそのまま呼んでください。インスクって。」「インスク、インスク」と、私は低くつぶやいてみた。「そうしましょう」、私は言った。「インスクはどうして私の質問を避けるのかな。」「どんな質問だったかしら」と、彼女は笑いながら言った。

私たちは田んぼの脇を歩いていた。いつだったかの夏の夜、あちこちの田んぼから聞こえてくる蛙の鳴き声を、無数の貝殻を一度に擦りあわせたら出てきそうな音だなと思って聞いていたら、その蛙の鳴き声がきらめく無数の星に変わっていくのを感じたことがある。聴覚のイメージが視覚のイメージに変わるという奇妙な現象が、私の内で起こったのだ。蛙の鳴き声がきらめく星に感じられたのだが、なぜそんな感覚的混乱が生じたのだろうか。夜空から降りそそぐようにきらめく星を見て、蛙の鳴き声を感じたのではない。星を見ていると、私と星と、そしてその星とまた別の星との間のもどかしい距離が、科学の本で習ったままではなく、まるで私の目がだんだん確かになっていくように、はっきりと私の視界に入ってくるのだった。私はその到達する術のない距離に惑わされてぼんやりと立っていたが、視野に入ったその瞬間、そのまま胸が張り裂けてしまいそうだった。なぜあんなに耐えられなかったのだろう。星が無数にきらめく夜空を見ていた昔、なぜ私はあんなに悔しくてたまらなかったのだろう。

「何を考えていらっしゃるの?」と、彼女が聞いてきた。「蛙の鳴き声」と答えながら、私は夜空を見上げた。下りてくる霧にさえぎられて星がぼんやりと浮かんで見えた。「まあ、蛙の鳴き声。ほんと。今まで蛙の鳴き声は聞こえませんでした。霧津の蛙は夜中の十二時過ぎに鳴くものとばかり思っていましたわ。」「十二時過ぎですか。」「ええ、夜の十二時を過ぎると、大家さんの家のラジオの音も消えて、聞こえるものといったら蛙の鳴き声だけなんですもの。」「十二時過ぎまで何をなさってるんです?」「ときどき、ただそんなふうに寝つけないことがあるんです。」ただそんなふうに寝つけないことがある、きっとそれは事実だろう。「奥さま、おきれいな方でしょうね」と、彼女が不意に尋ねた。「私の妻ですか。」「ええ。」「きれいですよ」と、私は笑いながら答えた。「お幸せでしょうね。お金がたくさんあって、きれいな奥さまに、かわいいお子さんたちがいて、それなら……。」「子どもはまだですから、ほんの少し割り引いて幸せです。」「まあ、いつご結婚なさったのかしら? まだお子さんがいないなんて。」「三年ちょっとになります。」「特別な用事もないご旅行なのに、なぜお一人でお出かけになったんです?」この女は何でこんなことを聞くのだろう。私は静かに笑った。女はさっきより少し明るい声で言った。「これからはお兄さんとお呼びしますから、私をソウルに連れていってくださいます?」「ソウルに行きたいんですか。」「ええ。」「霧津が嫌いですか。」「気が狂いそうです。今にも狂ってしまいそうなんです。ソウルには大学の同窓生もたくさんいるし……ああ、ソウルに行きたくってたまんない。」女は私の腕をつかんだが、すぐに放した。私は急に心が騒いだ。私は眉をしかめた。しかめて、またしかめた。すると、興奮が収まった。

「しかし、今はどこへ行っても大学時代とは違うでしょう。インスクは女だから、たぶん家庭にでも隠れてしまわないと、どこへ行っても狂いそうになると思うけど。」「そういうことも考えてみました。でも今みたいだったら、家庭を持ったとしても狂ってしまいそうな気がするんです。本当に気に入った男性でなければね。本当に気に入った男性がいたとしても、ここでは暮らしたくないわ。

私はその人にここから逃げようってせがむでしょう。」「しかし、僕の経験では、ソウルでの生活が必ずしもいいとはいえませんよ。責任、責任ばかりで。」「でも、ここは責任も無責任もないところなんです。とにかくソウルに行きたいんです。私を連れていって下さいます?」「考えてみましょう。」「きっとですよ、ね?」私はただ笑うばかりだった。彼女の家の前まできた。「先生、明日は何をなさるおつもりですか」と、彼女が尋ねた。「そうですね、朝は母のお墓参りをしなければ。それが済んだら、特にありません。海辺にでも行ってみようかと思います。あそこは一時私が部屋を借りていた家があるので、挨拶がてらに。」「先生、明日、それは午後にしてください。」「どうして?」「私もご一緒したいわ。明日は土曜だから、午前の授業だけなんです。」「じゃあ、そうしましょう。」私たちは会う時間と場所を約束して別れた。私は奇妙な憂鬱に襲われ、とぼとぼと夜道を歩いて叔母の家へ戻った。

私が床に入った時、通行禁止のサイレンが鳴った。それは突然で、けたたましい音だった。そして長かった。すべての物事が、すべての思考がそのサイレンに吸い込まれていった。ついにこの世の中から何もかもなくなってしまった。ただサイレンだけが残った。その音もついには感じられないほどになり、いつまでもつづきそうな気がした。その時、不意に音が力を失いながら弱まり、長い呻き声をあげながら消えていった。私の思考だけが蘇生した。私はついさっきまで彼女と交わしていた話を思い出してみようとした。ずいぶん色々と話をしたようなのに、耳の中には私たちの話はいくらも残っていなかった。もう少し時間が経って、その話が耳から頭の中に移動する頃には、そして頭の中から心臓へと移っていく頃には、さらにいくつか消えてしまうだろうか。いや、結局はすべてなくなってしまうのかもしれない。ゆっくり考えてみよう。彼女はソウルに行きたいと言った。その言葉を彼女は切なげな声で語った。私はふと彼女を抱きしめたい衝動にかられた。そして……いや、私の心臓に残りうるのはそのことだけだった。だが、それもいったん霧津を離れさえすれば、私の心臓からも消されてしまうだろう。眠れなかった。昼寝のせいでもあった。私は闇の中でタバコに火をつけた。私は、憂鬱な幽霊のように私を見下ろしている壁にかけられた白い服をにらんでいた。タバコの灰を枕元の適当なところに落とした。明朝、雑巾で拭けばすむところに。「十二時過ぎに鳴く」蛙の声がかすかに聞こえた。どこからか一時を告げる時計の音が低く聞こえてきた。どこからか二時を告げる時計の音が聞こえ、また三時を告げる時計の音が聞こえてきた。四時を告げる時計の音が聞こえた。しばらくして通行禁止解除のサイレンが鳴った。時計とサイレンのうち、どちらかが正確ではなかった。サイレンは突然でけたたましかった。そして長かった。すべての事物が、すべての思考がそのサイレンに吸い込まれていった。ついにこの世の中から何もかもなくなってしまった。サイレンだけが世の中に残っていた。その音もついには感じられないほどになり、いつまでもつづきそうな気がした。その時、不意に音が力を失いながら弱まり、長い呻き声をあげながら消えていった。どこかで夫婦はセックスしているだろう。いや、夫婦ではなく、娼婦とその客だろう。私はなぜそんな馬鹿げたことを考えているのかわからなかった。しばらくして私は静かに眠りに落ちた。

海に伸びた長い堤

その日の朝は霧雨が降っていた。食事前に私は傘をさして邑から近い山にある母の墓所に出かけた。私はズボンを膝上までまくりあげ、雨に濡れながら墓に向かって伏拝した。雨が私を大変な孝行息子にしてくれた。私は墓の上に伸びた草を片手でむしった。草をむしりながら私は、私を専務にするために専務選出に関わる人々を訪ねまわり、あの豪傑笑いをしているだろう義父のことを想像した。すると私は、墓の中に入って行きたくなった。

帰り道は少し遠回りだが芝生が美しく敷かれた堤を歩くことにした。霧雨が風に仄白く飛ばされていた。雨につられて風景が揺れていた。私は傘をたたんでしまった。土手の上を歩いていると、土手の下、川辺の草むらに遠くの村から登校してきた生徒たちが集まってざわめいているのが見えた。大人たちも数人混じっていて、雨合羽を着た警官が一人、土手の斜面にしゃがんでタバコをふかしながら遠くを眺めており、老婆が一人舌打ちをしながら騒いでいる生徒の間を通り抜けていった。私は土手の斜面を下りていった。そして、警官の脇を通り過ぎながら尋ねた。「何かあったんですか。」「自殺ですよ」と、警官は興味なさそうな口調で言った。「誰なんですか。」「邑内の飲み屋の女です。初夏になると、必ず何人か死ぬんです。」「はあ。」「あの女はひどく気が強くて、死なないと思ってたのに、あれも運がなかったようです。」「はあ。」私は川辺に下りていって生徒の間に割りこんだ。死体の顔は川の方を向いていたので、私には見えなかった。パーマの髪に、腕と足は白くて太かった。赤い薄手のセーターを着て、白いスカートをはいていた。昨夜は寒かったようだ。でなければ、その服が彼女のお気に入りだったのだろう。青い花模様の白いゴム靴を枕にしていた。何かを包んだ白いハンカチが、その女のだらりと伸びた手から少し離れたところに転がっていた。白いハンカチは雨に打たれ、風が吹いても少しも揺れなかった。死体の顔を見るために、大勢の生徒が川の水に足を浸してこちら向きに立っていた。彼らの青い制服が水に逆さに映っていた。青い旗が死体を守っていた。私はその女に奇妙にも情欲がたぎってくるのを感じた。私は急いでその場を離れた。「どんな薬を飲んだか知らないけど、今からでもひょっとしたら……」と、私は警官に言った。「ああいう女が飲むのは青酸カリです。睡眠薬を何粒か飲んで騒ぎたてるような芝居はしませんよ。その点だけはありがたいことだが。」私は、霧津にくるバスの中で睡眠薬を作って売る空想をしたのを思い出した。新鮮な陽射しの明るさと肌に弾力を与える程度の空気の冷たさ、そして潮風ほどの塩分、この三つを合成して睡眠薬が作れたら……。だが実は、その睡眠薬はすでに作られていたのではないか。私はふと、自分が昨夜眠れずにしきりに寝返りを打っていたのは、この女の臨終を見守ってやるためではなかったかという気がした。通行禁止解除のサイレンが鳴ってこの女が薬を飲み、そして私はようやく静かに眠りに落ちたという思いにかられた。突然、この女が自分の一部のように感じられた。苦痛ではあるが、大切にしなければならない自分の体の一部のように感じられた。私はたたんだ傘についた水を払いながら家に戻った。家には税務署長の趙がよこしたメモが待っていた。「用がなければ税務署に寄られたし」。私は朝飯を食べて税務署に行った。霧雨は止んでいたが、空は曇っていた。私は趙の意図がわかる気がした。署長室に座っている自分の姿を見せたいのだ。いや、私のひねくれた考えかもしれない。考え直すことにした。彼は税務署長に満足しているだろうか。おそらく満足しているだろう。彼は霧津にふさわしい人物だ。いや、私はもう一度考え直すことにした。ある人を知っているということ──よく知っていると思いこむことは、その人の立場から見れば非常に不幸なことだ。私たちが非難することができ、あるいは少なくとも評価しようとするのは、私たちが知っている人に限られるからだ。

趙はランニング姿でズボンは膝上までまくり上げ、扇子を使っていた。私は彼がみすぼらしく見え、白いカバーをかけた回転イスに座っているのを自慢するかのような態度を見せた時には哀れに思えた。「忙しいんじゃないのか」と、私が尋ねた。「それがな、位置が高くなると、責任をとるっていう言葉だけつぶやいてりゃいいようなんだ。」しかし、彼は決して暇ではなかった。いろいろな人が出入りして書類に趙のハンコをもらい、それ以上に多くの書類が彼の未決函に積まれていった。「月末の上に、土曜なもんで、ちょっと忙しいんだ」と、彼が言った。だが、彼の顔はその忙しさを誇っていた。忙しい。自慢する暇もないほど忙しい。それはソウルでの私だった。それだけ、ここでは生活することに不器用でいられるとでも言おうか。忙しいというのも不器用に忙しかった。その時私は、人が自分のしていることに不器用だというのは、それが何であれ、たとえ盗みであろうと不器用なのは目障りで、見る者の神経をイライラさせるものだと思った。円滑に仕事を処理するというのは、まず私たちを安心させてくれる。「そうそう、夕べの河先生という女性は、お前の花嫁候補か」と、私が尋ねた。「花嫁候補?」と、彼は高笑いした。「おれの花嫁候補が、あの程度だと思うのか」と、彼が言った。「あの程度が何だっていうんだ?」「おい、このずるがしこい奴め、お前はバックがあって金持ちの後家を手に入れながら、オレはせいぜいあの程度のどこから転がり込んだかもわからん、やせっぽちの音楽教師でも手に入れりゃ、気が清々するっていうのか」と言って、彼は愉快でたまらぬというように笑いこけた。「君ほどの暮らしぶりなら、女は乞食でもいいじゃないか」と、私が言った。「そうはいかないさ。オレの側にオレを引っ張ってくれる人がいないなら、妻の実家にでも誰かいてくれなきゃな」と、彼は答えた。彼の口ぶりでは、私たちは共犯者だった。「おい、世の中ってのはおかしなもんだ。オレが試験にパスするや否や、見合いの話がわんさかきたんだ……。ところが、それがどれもこれもみすぼらしい相手ばかりだ。一体全体、女ってのは性器一つを元手にして嫁に行こうっていう、あのくそ度胸がけしからん。」「じゃあ、あの先生もそんな女の一人なのか？」「ああ、代表的な女さ。しつこくつきまとわれて、うるさくてたまらんよ。」「すごく利口そうだったけど。」「利口なことは利口だよ。だけどウラを調べてみたら、家はひどいもんだ。彼女がここで死んだって、故郷から引き取りにくる人もろくにいやしない。」私は早く彼女に会いたくなった。私は彼女が今どこかで死にかけているような気がした。早く行って会いたかった。

「事情も知らない朴君は、彼女が好きなんだそうだ」、彼はそう言いながらにっこりした。「朴君が？」と、私は驚いたふりをした。「彼女に手紙を出して訴えているのを、彼女がオレにみんな見せてくれたのさ。朴君はオレにラブレターを書いてるようなもんさ。」私は彼女に会いたい気持ちが一瞬にして消え去った。しかし、しばらくするとまた早く彼女に会いたくなった。「この春、彼女を連れて一度お寺に行ったんだ。どうにかしてやろうって思ったんだが、あの利口なのが、結婚するまでは絶対にダメだって言うんだ。」「それで？」「恥をかいただけさ。」私は彼女に感謝した。

時間がきて私は、彼女と会うことにしていた邑から少し離れて海に伸びる堤に向かった。黄色いパラソルが一つ遠くに見えた。それが彼女だった。私たちは雲のかかった空の下を並んで歩いた。「私、今日、朴先生に、先生のことをいろいろ尋ねてみました。」「そう？」「何が一番尋ねたかったと思います？」私はまったく想像もつかなかった。彼女はフフッと笑ってから言った。「血液型を聞いてみたんです。」「私の血液型？」「私、血液型について妙な信仰を持ってるんです。人間が、必ず自分の血液型が示してくれる――ほら、生物の本に書いてあるでしょ？――その通りの性格だったらいいのにって。そうしたら、世の中には指で数えられるほどの性格しかないじゃありませんか。」「それって信仰ですか。希望でしょ。」「私は自分が願うことをそのまま信じてしまう質なんです。」「そういう質の血液型って、何ですか。」「バカっていう名の血液型です。」私たちはむしむしする空気の中で苦笑いした。私は彼女の横顔を盗み見た。彼女はもう笑っておらず、唇をギュッと噛みしめ、その大きな眼で前をまっすぐ凝視していて、鼻先には汗を浮かべていた。彼女は幼い子どものように私についてきた。私は彼女の手を握った。彼女は驚いたようだった。私はすぐに手を離した。しばらくして私はまた手を握った。今度は驚かなかった。握った手と手の間を微かな風が吹きぬけていった。「何の計画もなくソウルに行ってどうするつもり？」と、私が尋ねた。「こんなにいいお兄さんがいるから、何とかしてくれるでしょ。」彼女は私を見上げてにっこり笑った。「お婿さん候補はいくらでもいるけれどね……ソウルよりは故郷にいる方がマシじゃないかな？」「故郷よりはこっちの方がマシよ。」「じゃあ、ここにこのままいるのが……。」「そんな、先生、私を連れていかないおつもりなのね。」女は泣き顔になって私の手を振り払った。実際、私は自分自身がわからなかった。私は感傷や憐憫で世の中に向きあう年齢を過ぎていた。実際私は、数時間前に趙が言っていたように、「バックがあって金持ちの後家」と出会ったことを、必ずしも望んだわけではないが、結果的にはうまくいったと考えている人間なのだ。私は、私から逃げていった女に対するものとは違った愛を、今の妻に対して持っていた。それでいて、私は雲のかかった空の下の海に伸びた堤の上を歩きながら、また脇にいる女の手を握った。今から訪ねていく家について、私は女に説明してやった。ある年、私はその家で一間を借り、汚れた私の肺を洗っていた。母もこの世を去った後だった。この海辺で過ごした一年、その時私が書いたすべての手紙から、他人は「寂しい」という単語を簡単に見つけることができた。その単語は多少浅薄で、今では人々の胸に訴える能力もほぼ失ってしまった死語のようなものだが、当時の私にはその言葉以外に使うべき言葉がないように思われた。朝の浜辺を散歩している時に感じる時間の長たらしさと、昼寝から覚めて冷や汗が流れる額を手の平で拭いながら感じる心細さと、深夜悪夢から覚めてドキドキと音を立ててせわしなく弾む心臓を片手で押さえながら、夜の海のあの切ない泣き声に耳を傾けている時のもどかしさ。そうしたものがカキの殻のようにべたべたと張りついて離れない生活を、私は「寂しい」という、今思えば幻のような単語一つで代用させていたのだ。海など想像もできない埃にまみれた都会で、忙しい日課のうちに、無表情な郵便配達夫が投げ入れていった私の手紙に「寂しい」という言葉を見つけた時、その手紙を受け取った人が果たして何を感じ、何を想像できただろうか。その海辺からその手紙を私が投函し、都会で私がその手紙を受け取ったと仮定した場合でも、私がその海辺でその単語に託したあらゆることに満足できるほど、都会の私が海辺の私の心境に共鳴できたのだろうか。いや、それは必要ですらなかったろう。だが、正確に言えば、その頃手紙を書くために机の前に近寄りながら私も、今になって私がしている仮定と質問をぼんやりとではあれしていたし、その答を「否」と考えていたようだ。それでいながら私は、「寂しい」という単語が入った手紙を書き、時には海を群青色で下手くそに描いた葉書をあちこちに送った。「世の中で最初に手紙を書いた人は、どんな人だったんだろうか」と、私が言った。「まあ、手紙、ほんとに手紙をもらうことぐらい嬉しいことはないわ。ほんとに誰だったのかしら。きっと先生のように孤独な人だったでしょうね。」彼女の手が私の手の中でかすかに動いた。私はその手がそう言っているような気がした。「そして、インスクのように」と、私が言った。「ええ。」私たちはたがいに顔を見合わせて笑った。

私たちは訪ねていく家に着いた。歳月はその家とその家の人々だけは避けて通ったらしい。家主夫妻は私を昔の私として迎えてくれたので、私は昔の私になった。私は持ってきた土産を出し、その家の夫婦は私が使っていた部屋を私たちに提供してくれた。私はその部屋で、自分の手からナイフを奪いとってくれなければ相手を突き刺してしまいそうな絶望を感じている者からナイフを奪いとるように、女の焦燥感を奪いとってやった。彼女は処女ではなかった。私たちはまた部屋の窓を開け、波が立つ海を見おろしながら、長い間黙って横になっていた。

「ソウルに行きたいわ。ただそれだけです」、しばらくして彼女が言った。私は指で彼女の頬に意味のない絵を描いていた。「世の中に善良な人がいるだろうか」、私は部屋に吹き込んでくる海風のために、火が消えてしまったタバコにまた火をつけながら言った。「私をとがめているのですね。善良だと大目に見てあげる気持ちがなければ、誰も善良じゃないでしょう」私は自分たちが仏教徒だと感じた。「先生は善良な方ですか。」「インスクが信じてくれる限り。」私はもう一度自分たちが仏教徒だと感じた。彼女は横になったまま、少し私の方に近づいた。「海辺へ行きましょうよ、ねっ。歌を歌って差し上げますわ」と、彼女が言った。しかし、私たちは起き上がらなかった。「海辺へ行きましょうよ、ねっ。部屋は暑すぎるわ。」私たちは起きて外へ出た。砂浜を歩いて人家の見えない海辺の岩の上に座った。波が泡を隠してやってきて、私たちが座っている岩の下にそれを吐き出した。

「先生」と、彼女が私を呼んだ。私は彼女の方に顔を向けた。「自分が嫌になった経験がありますか？」と、彼女が明るい声を繕って尋ねた。私は記憶をたどってみた。私はうなずきながら言った。「いつだったか、一緒に泊まった友人が翌朝、私がいびきをかいて寝ていたと教えてくれた時さ。その時は本当に生きる楽しみがなくなった。」彼女を笑わせるために、私はそう言った。だが、彼女は笑いもせず、静かにうなずいた。しばらくして彼女が言った。「先生、私、ソウルに行きたくありません。」私は彼女に、手、と言って握った。力を込めてその手を握りながら言った。「お互い、嘘をつかないことにしよう。」「嘘じゃありません」と、彼女はにっこり笑いながら言った。『ある晴れた日に』を歌います。」「でも、今日は曇っているよ」と、私は「ある晴れた日に」のあの別れを思いながら言った。曇った日には人々は別れないことにしよう。手を差し出し、その手を握る人がいたら、その人を近くへ、近くへ、より近くへ引き寄せてあげることにしよう。私は彼女に「愛している」と言いたかった。けれども、「愛している」という、その言葉のぎこちなさがそう言いたかった私の衝動を追い払ってしまった。私たちが海辺から邑内に戻ったのは夕闇が押し寄せた後だった。邑内に入る少し前、私たちは土手の上でキスをした。「私、先生がここにいらっしゃる一週間の間だけ、素敵な恋愛をするつもりですから、そう思っていてくださいね」と、別れ際に彼女が言った。「でも、僕の力がもっと強いから、どうしても僕に引っ張られてソウルまで行くことになるよ」と、私が言った。

家に戻ると、私は後輩の朴が昼間に家に立ち寄ったことを知った。彼は私に「霧津にいらっしゃる間、退屈されないようにお読みください」と、本を三冊置いていった。夕方またくると言っていたと、叔母が私に伝えた。私は疲れを口実に誰とも会いたくない旨を叔母に告げた。叔母は、私が海辺からまだ帰らないと答えようと言った。私は何も考えたくなかった、何も。私は叔母に焼酎を買ってきてもらい、酔って眠るまで飲みつづけた。明け方ちょっと目が覚めた。私は訳もわからずに胸が高鳴ったが、それは不安だった。「インスク」と、つぶやいてみた。そして、すぐにまた眠り込んでしまった。

あなたは霧津を去っていきます

私は叔母に揺さぶられて目を覚ました。遅い朝だった。叔母は一通の電報を私に渡した。腹ばいのまま、私は電報を開けてみた。「二七ヒカイギ　ヨウサンセキ　イソギジョウキョウコウ　ヨン」「二十七日」は明後日で、「ヨン」は妻だった。私はズキズキする額を枕にあてた。息が荒かった。私は自分の呼吸を鎮めようとした。妻の電報は、霧津にきてからの私の行動と思考のすべてを次第にはっきりと曝け出して見せてくれた。すべて先入観のせいだった。結局、妻の電報はそう語っていた。私は違うと首を振った。すべては旅行者にありがちなあの自由のせいだと、妻の電報は語っていた。私は違うと首を振った。すべては歳月によって私の心の中で忘れられてしまうと、電報は語っていた。だが傷は残ると、私は首を振った。長い間、私たちは争った。そして、電報と私は妥協案をつくり上げた。一度だけ、最後に一度だけ、この霧津を、霧を、孤独に狂っていくものを、流行歌を、飲み屋の女の自殺を、裏切りを、無責任を肯定することにしよう。最後に一度だけ。ほんとに一度だけ。そして私は私に与えられた限られた責任の中でのみ生きることを約束する。電報よ、小指を出せ。私はそこに自分の小指を絡ませて約束する。私たちは約束した。

しかし、私は背を向け、電報の目を避けて手紙を書いた。「突然発つことになりました。訪ねていって直接今日私が先に発つことをお知らせしたかったのですが、話というのはいつも意外な方向に進むのを好むために、こうして手紙でお知らせするのです。簡単に書きます。愛しています。なぜなら、あなたは私自身だから、少なくとも私がぼんやりとではあれ、愛している昔の私の姿だからです。私は、昔の私を現在の私へと引っ張り上げるために全力を尽くしたように、あなたを口の光の中に引っ張り出すために全力を尽くすつもりです。私を信じてください。そして、ソウルでの準備が出来次第、お知らせしますので、あなたは霧津を発って私のところにきてください。私たちはたぶん幸せになれるでしょう」と書き終えて、私はその手紙を読んでみた。もう一度読み返した。そして、破り捨てた。

ガタガタ走るバスに乗って私は、どのあたりだったか、道端に立てられた白い板切れを見た。そこには黒い文字で鮮明に「あなたは霧津を去っていきます。さようなら」と書いてあった。私はひどく恥ずかしかった。

（一九六四年）

力士（力持ち）

ソウルで下宿暮らしをしている人は数も多いが、境遇も様々なようだ。その人たちが、自分のいる下宿で見聞きし、感じたことを話したら、不思議で驚くような面白い話は数えきれないだろう。ここに紹介するのもそんな話の一つと言えようか。いつか私が公園のベンチに座っていて偶然話を交わした、ボサボサ頭のある若者から聞いた話である。作り話も少し混じっているようだし、話の筋がかみあわない感じもするが、それなりに何というか、象徴的なところもありそうなので、ここに聞いたままを記してみる。

目を開けた時、私の鼻は壁にくっつくところだった。昼寝をしている間、私は壁にべたりと顔をくっつけていたようだ。壁は白い石灰で塗られており、清潔すぎた。オレの部屋はこんなじゃないぞ、とうろたえた。他人の家で寝ていたのだろうか、あるいは「意識を回復してみたら病院だった」というケースに属するのだろうか、と私は考えた。

記憶、特に幼い頃の記憶だが、親戚の家に遊びに行って泊まることになった日の夜は、ふだんと違って何度も真夜中に目が覚める。目が冴えて天井を仰ぎ見ようものなら、外灯の光が窓から忍びこんできて天井の模様をぼんやりと浮かび上がらせる。すると、ああ、ここはよその家だったと思い出し、わが家の天井の模様を横になったまま空中に指で描きながら、今その模様の下で眠っているはずの家族を思って眠れなくなる。東の空が白むや、そっとその家を抜け出し、走って家に帰ったものだった。しかし、それは真夜中のことだったが、今は真昼だ。しかも、それは昔の幼い頃のことだったが、今はもう大人だ。それに、それは私の意識からは追放された故郷でのことだったが、今はソウルだ。

私はゆっくりと首を回して、天井に視線を移した。天井は何の模様もない、褐色のベニヤだった。模様があるといえば、波紋に似た木目がなんとか認められる程度だった。それに天井が非常に高い。私の部屋はこうではない。立てば頭をすぼめねばならないほど天井が低く、そこには六角形の模様のある壁紙が張られている。初めのうちその模様は青かったが、雨水の染みなどで今は黄色く変色している。さらに私の部屋の天井は、今私が横になって見ている天井のようにピンと張ってはおらず、真ん中の部分がだらりと垂れて放物線をなしている。

貧民街の家でのみ見られる天井。そう、私の部屋は東大門《トンデムン》近くの昌信洞《チャンシンドン》の貧民街にある。地球が砕けて生まれ変わったとしても、私の部屋は今のこの部屋のようにきれいにはならない。私は急いで向き直り、先ほど私が鼻をつけて昼寝していた白い壁を観察した。これが私の部屋なら、壁紙代わりに新聞紙を張りつけた壁に、ボールペンで書かれたこんな落書があるはずだ――「昌信洞に暮らす人は、みんなチクショーであります」。

私はその落書がいつ書かれたのか知らないが、この部屋の下宿人が雨でも降っていた日にやることもなくて横になり、横になった姿勢のまま手だけ持ち上げて書いたのだろうと想像した。というのも、部屋の外から聞こえてくる騒音、その部屋がそこの住人に与える絶望感、また自分はこの広い世界でこんなに汚い部屋、こんな部屋にしか住めないのかという自己嫌悪によって誰もがそんな落書をせずにはいられないからだ。言いかえれば、その誰かが、その落書をしなかったなら、多分私がしたかも知れない。だから私はその一九三〇年代風の表現を愛した。そして、文章の大家《たいか》が書いたもののように頼もしく思っていた。地上に数えきれないほどある部屋の中で、私の部屋を峻別できるとすれば、その落書によるしかないだろう。

私は、今眠りから覚めた部屋の石灰で塗られた白い壁をゆっくり観察してみた。だが、その落書はなかった。あまりにもきれいすぎた。すると私は横になっている部屋全体が見たくなり、ゆっくりと――体を回す時、私は部屋の真ん中で恐ろしい怪物に出くわすかもしれないという感じで、ゆっくりと反対側に体を向けた。もちろん、怪物のようなものはいなかった。私が掛けていた布団の裾が私の体の下に敷かれていただけだった。

私は部屋の中をゆっくりと目で探った。右側の壁の隅に茶色のラワン材のドアがあった。前方の壁には本が立てかけられ、少し無秩序に並んでいた。向かいにある本の背表紙に書かれたタイトルを読んでみた。『演劇概論』、『悲劇論』、『現代喜劇の諸問題』、『現代演劇の台詞』、『HISTORY OF DRAMA』など。これらは私の専攻分野の本、まさに私の本だった。そして、画鋲がとれたのか、カレンダーが壁から落ちていて、まるで醜い女がくずおれたように床に広がっていた。左側の壁の隅近くにインク瓶、ノート、ペン、洗面用具、灰皿、タバコが何本か抜かれた「つつじ」、潰れたマッチ箱がやはり無秩序に置かれ、壁にはギターが立てかけられていた。ハンガーには私の服が掛けてあった。すべてが私の所有物だった。それなら、ここは私の部屋かと思ったが、部屋にはあちこちに張られてあるはずの女のヌード写真が一枚もない。こんなにきれいで上品なはずがない。

その上、外からは何の物音もしない。外して床に置いていた腕時計を見た。四時だった。

午後四時なら、部屋から遠くない市場で商いの女たちがわめきちらす声、家の中から聞こえてくる水道の音、隣室からどんな内容なのかわからないが聞こえてくるウンウンという声、窓の外を通る車がレールを踏むガタンガタンという音や鋭い警笛が聞こえてこなければならない。巨大な機械が回り、その機械にたくさんの鳥が挟まれて死んでいくのを想像する時、そんな時に脇にいる人が聞く音を私は聞いていなければならないのだ。だが、静かだ。何の音もしないのは異常だ。まるで夏に林の中で座っているように静かだとは。

すると、室外の板の間から軽い足音が聞こえ、しばらくしてピアノの音がグヮーンと響いてきた。ドアのすぐ外のようだった。

ピアノの音とは、この貧民街に。あっ、私は思い出した。四時。ピアノの音。この病院のようにきれいな部屋。私は約一週間前に昌信洞のあの汚い部屋から、このきれいな洋館に下宿を移したのだ。聞こえている曲は「エリーゼのために」だった。私が引っ越してきてから約一週間、毎日午後四時にピアノが鳴り、その曲は「エリーゼのために」だった。おそらく私がくる前も四時にピアノが鳴り、その曲は「エリーゼのために」だったのだろう。

そのことに思い至ってようやく私は背伸びをして起きた。思えば、とんでもない記憶の断絶だった。もちろん、何かをうっかり忘れてしまうというのはよくあることだ。おかしな話だが、甚だしくは小便のやり方を忘れてしまったこともある。いつだったか、ある喫茶店に行って（その喫茶店はある建物の二階にあったが、私は何か物思いに耽って階段をのろのろと上った）、店のドアの外にあるトイレに入った。その時、私は緊急時の生理的必要にもかかわらず、どのように小便をするのか、忘れてしまったのだ。私はひどく当惑した。少ししてすぐに、まずズボンのボタンを外さなければならないという習慣に戻ることができたが、尋常ではありえない習慣の断絶まで経験したのは確かである。とはいえ、やはり一週間なら一つの部屋になじむには十分な時間だと思う。昼寝から覚めてかなりの時間、約一週間前に引っ越してきた部屋で疎遠さを感じたのは、その一週間という時間よりもっと長い間私について回っている、ある心理のせいではなかろうか。

私が病院のようにきれいなこの洋館に下宿するようになったのは、私をとても大事にしてくれる、情にもろいある友人の好意的な勧めからだった。

ある雨のぱらつく日のこと。昌信洞のあのムッとする、一つしかないタブロイド判サイズの窓から差し込んでくる一握りほどの陽射しを惜しまねばならない下宿の部屋に、私は座っていた。ちょうど金が底をついた時で、行きつけの飲み屋にはツケが溜まり過ぎていて、それ以上ツケにしてくれとは言えず、隣のヨンジャから借りた小銭で酒の代わりに買ってきたエチルアルコールを水で薄めてゴクリゴクリと飲んだのだ。一人で酔っ払い、前に私が叩きつけてすっかりヒビが入った鏡の前に顔を持っていき、しかめ面をしてみたり、笑ってみたり、涙なんかも流してみたりしているところへ、その情深い友人が訪ねてきたのだ。その友人は、これでは到底希望がない、君の生活態度には堕落した人をわざと真似ようとするところがある、と本気で心配してくれた。貧民街でのそんな無秩序で退廃的な生活とは別の、秩序正しくて規則的な生活との比較もおもしろいではないかと私を諭すように話し、自分の親戚にとても立派な家柄の人がいるので、そこに私の下宿を頼んでみたいと言うのだった。ありがたい話には違いなかった。実際私自身、自分の無軌道で浮浪児のような生活態度を、天性の怠け癖と貧乏人の特徴である金銭の浪費癖、そして今や帰るべき故郷もなく死ぬまでこのソウルで自力で生きねばならないという絶望感を言い訳にしようとしていた。だが、まだ若いという理由だけでも自分の生活態度を改善する可能性は十分だという点に思い至ると、私も自らの欺瞞を認めざるをえず、その友人の意見に感謝するしかなかった。しかし、その頃の私はひどくお金に窮していたので、すぐにその友人の意見に従うことはできなかった。バスに乗る金すらなく、毎日部屋に閉じこもって戯曲の習作を書いていた頃だった。

それからかなり経ち、ある劇団にコントの脚本が何編か売れて相当な収入になった。そこで、長い間内心では一種の切実な欲望になっていた引っ越しの計画を、その友人の勧めに従って実行したのが約一週間前のことだ。そして、毎日午後四時になると私は「エリーゼのために」を聞くようになった。ピアノはこの家の嫁が弾いていた。この家の家族構成、「おじいさん」と呼ばれる、やせ形で背が低い老爺と、「おばあさん」と呼ばれる、やはりやせ形で背が低い老婆、ある大学で物理学の講師をしている息子とその夫人である「嫁」、大学講師の妹の女子高生、三歳の孫娘、そしてお手伝いだった。おじいさんは私をこの家に連れてきてくれた友人の伯父にあたるといい、いわば私の生活態度を変える責任を負う人物だった。

私が引っ越してきた日の晩、私はおじいさんの前に呼ばれて聞かされた話を今も覚えている。それは一種のオリエンテーションだった。おじいさんは、私の家族関係についていくつか質問した後、急に私が朝鮮戦争の時は何歳だったのかと尋ねた。正確な年がすぐには思い出せず、十歳だったでしょうかとぐずぐず答えると、おじいさんは多分そうだろうと言い、あの戦争が残したものは何だかわからんだろうなと言った。そこで私は、あの戦争の前にあったものについてわからないし、わかったとしても幼い時の記憶しかないので、戦後何が残り、何がなくなったのかはわからないと率直に答えた。すると、おじいさんはうなずいてから、それは家庭の破壊だと一言で言った。その言い方がまるで悪いことをした私を叱っているように断固たる厳しさだったため、私は本当に罪を犯した気分になり、正座していた姿勢を一層正した。そして長い間、本当に長い間、引っ越しによる興奮と緊張と疲労の一日だったため私は眠気に襲われるのを我慢しながら、おじいさんのものの見方というか、主義というか、とにかく話を聞いていた。

意識が朦朧とする中で聞いたことを順序もなしに要約するならば、それは次の通りである。家風のない家庭は人間の集まりではない。家風というものは秩序の精神によって成立しなければならない。わが国の家庭はあの戦争の時、お互い家族の生死すらわからないほど破壊された。それで一層家庭の貴重さを知ったのではないか。だから、秩序の精神に立脚してそれぞれの家庭は家風を作っていかねばならない。そうした途上に障害が非常に多いことは、私たちが直面している現実である。そうであればあるほど、私たちは過度なまでに自らに厳格でなければならない。だいたい、こういう話だった。

家風。私には疎遠極まりない単語だったが、何日かの間に私はその言葉の概念ではなく、まさにその実態を全身で感じるようになった。「規則的な生活第一主義」が最初に私にまといついたこの家の家風だった。

朝六時に起床。（だが、私の場合は自発的な起床ではなく、おじいさんがお茶を入れ、自ら運んできて私を起こし、そのお茶を飲ませる。私は面目なさに胸をドキドキさせながら急いで服を着ると、朝の散歩をさせられた。それで、私はいつも睡眠不足で、多少自由な日中に昼寝をした。しかし、その家の家族、甚だしくは三歳の子どもまでがその規則を守っているようだった）朝食。出勤あるいは登校。おじいさんもある会社の重役だったので、家に残るのはおばあさんと嫁、幼児とお手伝い、そして疲れた体を持て余している私だった。私はその後、午前十時頃に嫁とおばあさんが動かすミシンの音を聞かされ、十二時頃にラジオから流れる音楽を聞き、午後四時には「エリーゼのために」を聞くようになっていた。午後六時半には家族全員が家に帰っていなければならず、夕食。食事が終わると十分余り雑談。それが終われば皆各自の部屋に入って勉強、そしてお手伝いが麦茶入りのやかんとコップを準備し、大きな板の間の真ん中にあるテーブルの上に置くカタっという音がすれば、その時間は十時五、六分前。その音がすると、各部屋のドアが開いて家族全員が出てきて麦茶をコップ一杯ずつ飲み、「おやすみなさい」を言って寝床につく。何とまあ、こんな生活もあったのかと、私は驚かざるをえなかった。家族の中に誰一人、顔に影のある人はいなかった。私としては想像もできなかった世界にやってきたのだ。東大門近くの昌信洞の貧民街、私が間借りしていた家の人々のことを思わずにはいられない、この正式な生活。

時おり、私がこの洋館の人々の顔を思い出そうとしても、思い浮かべられずに苦しんだ。もちろん、接していた時間が短かったせいもあろうが、それよりむしろ、昼寝から目覚めた時に感じた部屋への疎遠さ、その訳のわからない理由が、この家の人々の顔にふたをし、昌信洞の人々の顔をより鮮明に思い浮かばせたのだ。

私が間借していた家は板をつぎはぎして作った、とんでもなく小さな家だが、部屋は五つもあった。したがって、各部屋はせいぜい一人か二人が入って横になると、いっぱいになってしまう広さであるのは言うまでもない。その中でも少し広くて採光も良い部屋を大家の家族が使い、その部屋より良くはないが、他の三つに比べれば雨水も漏れないほどの部屋は、部屋代の支払いがきちんとしていたヨンジャという娼婦が借りていた。そして、ガラス窓――そのガラス窓というのはヒビが入り、紙を切って補修した汚いものだったが、この家では唯一ガラスが入った窓――がついた部屋には、五十歳くらいに見える、脚の不自由なやせ細った男が住んでいた。彼は十歳になる、十歳とはいえ栄養失調で頬がげっそりして頭ばかり大きいが、体は五、六歳の子どもより小さい、やせこけた娘と一緒だった。そして、残りの一間に四十代の肉体労働者のソさんが、もう一間に私が入っていた。

私がこの洋館にきて、今やうんざりし始めた「エリーゼのために」をピアノで演奏する嫁へのこの家のおじいさんの配慮を知った時、最初に思い浮かんだのがあの昌信洞のバラックの脚の不自由な男と、彼のやせこけた娘だった。

おじいさんはピアノの音をひどく嫌っていたが、女学校時代にピアノを習ったという嫁の指を強ばらせてはいけないと考えた。強ばらせてしまうなんて、それはおじいさんの教養が到底許せないようだった。それで、嫁がピアノに向かう時間もこの洋館の規則的な生活に組みこむことができたのだ。女子高に通う娘に対しても似たような態度ではないかと私は思った。夕食後、勉強の時間になればその女子高生は自分の部屋に行く。そして十時になると、お手伝いが沸かしておいた麦茶を飲むために大きな板の間に出てくる。それまでは勉強をしていることになっている。

しかしながら、昌信洞のあの脚の不自由な男は娘の教育をどうしていたか。私はあの脚の不自由な男が自分の幼い娘を正座させているのを、その部屋の前を通るたびにガラス越しに見ることができた。私がその部屋の前を通る時は大抵その光景が見えたので、あのやせこけた女の子が父親の前で正座しないでいるのはいつなのか、知らなかった。ご飯を炊きに出てくる時や、水を汲んで体を傾けてよたよた歩いている時以外は、いつも正座していたと見なければならないだろう。ガラス窓がしまっていたので、その中で脚の不自由な男がどんな話を自分の娘にしているのかはわからないが、彼は休みなく話していた。いつも紙と鉛筆が娘の前に置かれていたから、多分それは授業時間だったのだろう。脚の不自由な男のそばにはいつも長い柳の鞭が置かれていた。そして、その鞭が娘の体に浴びせられない日はほとんどなかった。脚の不自由な男は狂人のように娘に鞭を振り下ろした。すると娘は、もう鍛錬できているというように、五歳の子どもより細い手で頭を覆うだけで、一滴の涙もこぼさずに口をつぐんだまま、自分の体に加えられる鞭に耐えていた。もちろん、あの薄暗い部屋の中で脚の不自由な男が何を教え、彼の娘は何を習っていたのか、その内容は結局わからなかった。ただ、私がいつか夜更けに便所に行った時、腹を下したのか、その娘が便所にしゃがみこんで下痢をしており、脚の不自由な男は便所の戸に体を少し曲げて寄りかかり、つづけざまにマッチを擦りながら心配そうに娘を見守っていた。その光景から、あのガラス窓のある薄暗い部屋で行われていた教育が決してでたらめではないのだろう、ということだけは私なりに考えられた。

ヨンジャという娼婦の顔の記憶もひときわ鮮明だった。

私が家の前に貼られた「求む下宿人」という紙を見つけ、大家に会おうと中に入った時、水道で足を洗いながら、おばさん、下宿したい人がきたよ、と声を張り上げたのがヨンジャだった。

私がその下宿に入った時から、丸顔で目が細いヨンジャは、自分は十九歳だと言って、私を兄さんと呼んだ。私が下宿をはじめてから何日かの間に、私もヨンジャの先天的な才能によって彼女に親しみを覚えるようになった。左の手首にある赤黒いミミズのような傷痕を見せながら、これ、何だかわかる、兄さん、と尋ねて深い溜息をつき、昔ね、私、死んでしまおうと思って、ナイフでここを切ったのよ、でも、死ねなくてこのザマよ、と言ってそっと涙まで見せた。私はそんなヨンジャからタバコを貰ったりして、大いに恩恵を受けた。ヨンジャは私が演劇の勉強をしていると知ってからは、もし兄さんが有名人になったら、私も女優に使ってね、と甘えるふりをした。いつだったか、ミス・コリア選抜大会があった日の新聞で花の冠を頭に載せてイブニングドレスを着た受賞者の写真を見るなり、私と大家のおばさんに審査委員になってくれと言って自分の部屋に入っていった。そして、大切にしまっていたらしいピンクのチマ・チョゴリに身を包んで出てくると、下宿の狭い庭をゆっくりと歩きながら片手を上げてポーズをとり、合格ですか、と尋ねてから急に笑い出し、「アタシ、ミスじゃない、でしょ」と言って、その日は一日中イライラしていたヨンジャ。またある時は、どこで知ったのか、光化門《クァンファムン》の付近に驚くほどよく当る占い師がいると言って、一緒に行こうと私にせがむのだった。そんなの全部インチキだと私が言うと、絶対そうじゃないと怒り出し、今の自分の名前が良くないと判断されたらいい名前に変えてくれるし、そうしたらとても幸せになれると、まるで自分がその占い師であるかのように主張した。何日もねだられた末、私が仕方なく、じゃあ、一緒に行ってみよう、と言うと、ヨンジャはすぐに仏頂面になり、でも、その人は名前で今の身分をぴたりと当てるというから、他の人がいるところでパンパンだなんて言われたら、困っちゃう、と言い逃れをした。それもそうだと思い、じゃあ、やめよう、と言うと、未練が残るのか、その後もヨンジャは何度もその占い師の話をした。私がこの洋館に引っ越すという日もヨンジャは、兄さんに行ってもらって私の名前を調べて欲しいと頼もうと思っていたのに、と言いながら残念がった。

「エリーゼのために」は、今や嫁のハミングまで混じって絶頂に達していた。ハミングがはじまったから、もう少しでピアノの音も止むだろう。私は経験でそれを知っていた。私は再び体を横たえた。

「昌信洞に暮らす人々は、みなチクショーであります」という、一九三〇年代風の落書があったあの部屋、そしてあの家に暮らす人々は、このピアノのペダルが踏み鳴らされる家から考えると、あまりにも遠いところにいる。そこは、バスに乗ればすぐ行けるという、平凡な可能性まで丸ごと抹殺してしまう間隔の彼方にあった。一週間という報酬を払っても、相変わらずこの白い部屋になじめない感じがするのは、その推し量れない間隔を、何の準備もなしに急に飛び越えたからではなかろうか。私がとても幼かった頃にこういう生活の中で育ったかどうかは知らないが、私が記憶する限り、この洋館での生活はまったく馴染みのないものだった。

昌信洞のあの家の残りの一人、ソさんという中年男の顔を思い浮かべると、一層その思いが強まった。

貧民街の黄昏時は、空気が一層濁ってくる。はるか都市の中心部のあちこちにそびえ立つビルがその片面に夕暮れの光を浴び、もう片面には濃い青い影を長く、長く伸ばす。貧民街は、そのビルの暗い影の中で呼吸していた。

教科書の職業目録では探し出せない様々な職場から人々が、汗が乾いて粘つく顔を手でこすりながら帰ってきて、この部落に入ると、彼らのこわばっていた顔が風船のように膨らむ。上半身裸の男たちは集まってしきりに騒ぎ、子どもたちは自分の家の軒先をかすめるように通る軌道車のうしろを追いかけながら歓声を上げる。女たちは七輪を外に持ち出して、その上に乗せた鍋に、料理の本にはない、その時々の事情が許す珍しい材料を入れて煮る。こちらの鍋とあちらの鍋の中で煮えている物は、国と国の風土の違いよりもっと異なる。まるで年老いた魔女が鍋に訳のわからない材料を入れて麻薬を煮出すように、女たちも色々な麻薬を煎じているのだ。

夕方の貧民街はひどく騒がしい。酔っ払って帰ってきた男は悲鳴のような声を上げ、自分が稼いだその日の労賃を出して見せながら友人らを引っ張って飲み屋に行く。すると、その男の女房が追っかけてきて男の手から金を奪って握りしめ、拳骨を振り回して見せながら家の中に消えてしまう。後に残された男たちはニコニコしながら、怒ってギャーギャー騒ぎ立てるその男をなだめる。貧民街の近くにある市場から魚の生くさい臭いが強く立ち上り、都市の中心部から塵が風に吹かれて舞い下りる。あちこちの露店にチラチラとカーバイドの火が点る頃ともなれば、男たちはまるでそれを避けるかのように、自分より背の低い飲み屋に押し寄せる。

あそこに下宿してから、私も毎日夕暮れ時には飲み屋に歩いて行った。泥水の中の気泡のように、そのごちゃごちゃした集落の中で飲み屋だけは清く静かだった。もちろん男たちは騒ぎまくり、話をし、あるいは鼻血を流しながら喧嘩したものだが、それが通りではなく飲み屋の中で起きる場合は、なぜあんなにも清らかに見えるのか、私にはわからなかった。

私が行きつけのように出入りしていた店は、「咸興家《ハムフンジップ》」という咸鏡道《ハムギョンドウ》からきたという老婆が営む飲み屋だった。長椅子の片隅に座って女主人が注いでくれる杯を受けながら、私は酒よりはその飲み屋の雰囲気に魅かれていた。人とつきあう気は初めからなかったので、いつも片隅に独りで座っていた。かなり長い時間が経ってほどよく酔ったら、私は勘定をすませて（ツケにする方が多かったが）外に出る。そして頭を上げると、少し離れたところに観光客向けに蛍光灯でライトアップされた東大門の、あのすっきりした姿が夜空の下で胡坐をかいているように見えた。今も眼前に見えるようだ、夜の東大門の姿が。

その店に行くようになっていくらも経たないある日の夕方、やはり私は長椅子の片隅に黄色い酒を見下ろしながら座っていた。すると、私のそばに誰かがどっかり座り込み、女主人に酒を注文してから私の背中をトンと叩いて話しかけてきた。四十歳くらいに見える、濃い顎ひげと大きな図体に擦り切れた軍用の作業服を着ていたその男は、ヨンジャがいる下宿に新しく越してきた若者じゃないか、と私に尋ねたのだ。そうだと答えると、その男はとても人が良さそうに笑いながら、自分も同じ下宿に部屋を借りている者だが、挨拶がこんなに遅れてしまった、自分をソと呼んでくれ、と言った。同じ家に住みながら、そのソさんは朝早く出かけ、私は夜遅く帰るので、その時までソさんという人が同じ下宿にいるとは知らなかった。だが彼は、ありがたくも私を覚えてくれていたようだ。こうして、私はソさんと知りあいになった。杯を交わすうちに私も話がしたくなり、故郷はどこですか、ご家族はどこにいらっしゃるんですか、どんな仕事をされているんですか、と少し面倒がられるほど尋ねた。だが、ソさんは別にうるさがる様子もなく、故郷は咸鏡道だが、朝鮮戦争の時に独りで北から南にやってきて今は工事現場のようなところで力仕事をしている、と率直に話してくれた。

それからほぼ毎日、私はソさんと一緒に咸興家に出入りするようになった。つき合えばつき合うほど、彼は善良な人の典型だった。はっきりした二重瞼の眼には貧乏人とは思えない光があって話し相手に劣等感を抱かせるほどだが、彼はその眼で相手に親密な気持ちを抱かせる術も心得ていた。利口そうには見えないが、行動における頭の回転はむしろその正反対のようだった。厚い唇の間をこじあけて出てくるような、咸鏡道人らしくない、彼のゆっくりした話し方が一層それを証明していた。

彼の酒量は驚くほどだった。彼はよく、自分が稼ぐ金はほぼ全部この飲み屋に入っていくだろう、でも、それはいいことじゃないかと言いながら、豪傑笑いをするのだった。彼の酒の飲み方はとても良くて、酔えばよく喋った。ソさんはまるで子どものように気立てのいい人だった。酔って彼と肩組みして――彼の背は非常に高かったので、私は彼の腰に手を回す形になったが――よろめきながら外に出ると、暗い夜空を背景にしてすっきりした姿でそびえている東大門に向けて、彼はウインクするのだった。

ソさんに夜の東大門が好きかと尋ねると、お前もあの東大門が好きなのか、と反対に聞き返された。昼間はお化けでも出てきそうで気持ち悪いが、蛍光灯に照らされた夜の姿は本当に美しくて好きだと私が答えると、自分はちょっと特別な意味で東大門を愛していると言った。自分と東大門はとても親しい、まるで生きている誰かと親しいように親しいのだと言った。私はその言葉の含みを、次のようにしてわかった。

あの夜もソさんは飲み屋から戻ってきて自分の部屋に入り、私も自分の部屋に戻って、服を着たまま布団の上に倒れて眠りについた。何時頃だったろうか、誰かが私を揺り起こすのだ。ソさんだった。ソさんの口からはまだ酒の甘い臭いがしていたが、それでも酔いは冷めているようだった。今何時ですかと私が尋ねると、自分もよくわからないが、多分二時か三時頃だろうと答え、見せたいものがあるから静かに自分についてこいと言った。まるで宝物を掘りに行く少年同士が秘密の話をするようなささやき声だった。私は彼のそうした気勢に押され、音を立てないようにしながら彼について外に出た。

路地には街灯が点いていた。私たちはことさら暗いところを選んで身を隠しながら歩いた。途中で私がどこへ行くのかと尋ねると、彼は東大門だと答えた。通行禁止中のこの時間、街灯だけが道路を見ているこの時間に、ソさんが私と一緒に東大門に行く必要とは何なのか。私は疑いと不安で目が回りそうになりながらも、足音を忍ばせて彼の後についていった。

しばらくして私たちは、大通りの向こうに瓦の数まで数えられるほど明るく照らされた東大門が見える場所まできて路地に身を潜めた。ソさんは四方をキョロキョロ見回して様子を探り、私たち以外には誰もいないとわかると、この路地に静かに隠れていて、これから自分のすることを見ていてくれと、私に言った。私が息を殺して唾をゴクリと飲み込みながらうなずき、了解したことを伝えると、彼はニタリと笑った。それから彼は、まったく見知らぬ人のような素早い動きで大通りを横切り、東大門の城壁の影にひとまず身を隠して左右をうかがっていた。

東大門の本体は家一棟ほどの大きさの石でできた築台の上に建てられていた。築台の高さは六メートル余りあるようで、その築台から伸びて、やはり巨大な石が積まれた城壁が建物を半円形に取り囲んでいた。その城壁をソさんは、まるでサーカスの猿が長い棒を上っていくように熟練した、きびきびした身のこなしで上っていった。ソさんが青い照明を受けながら城壁を上っていくその光景は、神秘の国で巨大な舞台の上の荘厳な演劇を見るような感動を私に与えるものだった。ただ一本の太い光線が広がり、その光によって風景が誕生し、傲慢さを秘めたように微動もせず立っているものに向かって、あるいは訴えるような、あるいは挑戦するような、あるいはその手招きに応じるような身のこなしで、体の全筋肉を動かしながら城壁を上っていくその人に、私は戦慄すら覚えた。

やがてソさんの体は城壁の向こうに消えてしまった。そしてその直後、私はさらに驚くべき光景を見たのだ。ソさんが城壁の上に現れて、城壁を成している巨大な金庫ほどの石を片手に一つずつとり、軽々と頭の上に持ち上げたのだった。梃子や滑車を使わなければ、あるいは大勢の人でなければ持ち上げられない重さの石を、彼は素手で持ち上げたのだ。私に見ろというように、彼は自分が持ち上げている石を何度か揺らして見せた後、さっきその石があった場所を左右取り替えて下ろし、きれいにはめ込んだ。

私は夢の中にいる気分だった。昔話のようなものに登場する力士ぐらいは私も認めているが、この真夜中に、まさに私の目の前で青く光る照明を全身に浴びながら、城壁を踏みしめて高くそびえ立っているあの男を、私は何と名づけたらいいかわからなかった。

力士、ソさんは力士だと、私はやむをえず認めながら、感嘆というよりは、むしろその鬼気迫る光景を見た恐ろしさに震えていると、彼はいつの間に戻ってきたのか、幽霊のように私の日の前で声を立てずに誇らしげに笑っていた。

ソさんは力士だった。その晩、下宿に帰ってから私は、今まで誰にも話したことがないというソさんの話を聞いた。

彼は中国人の男と韓国人の女の間に生まれた混血児だった。彼の先祖は代々中国で名だたる力持ちだった。家系図を見れば、数え切れないほど多くの将軍がいると言った。彼らが持っていた力、それが彼らの存在理由であり、唯一の遺産だったようだ。その無形の財産は家宝として子孫に伝えられた。それによって彼らは世の中を平安にすることができたし、自らの栄光に浴しつづけることができた。しかし、このソさんに至り、その力は財産にはならなかった。今ではその力はソさんに、工事現場で他人より若干多めの報酬を与えてくれる機能しか果たさなくなったのだ。結局、ソさんはその若干多めの報酬を拒絶することにした。他人と同じくらい石を運び、他人と同じくらい土を掘った。祖先の栄光はそうして保存するしかなかった。そして、ソさんは誰も出歩かない真夜中を選んで東大門の城壁で、その力が維持されていることを冥府の祖先に知らせているというのだった。

真っ昼間にソさんが東大門のすぐ脇に立ち、通行人の誰一人も城壁の石の位置が変わったことに気づかずに通り過ぎる時、移した石を眺めながらにっこり笑っている彼の姿を、私は容易に想像できた。それが、ソさんが大切に秘めている自己であり、私が彼と接触すればするほど吸い込まれていった彼の深さだったようだ。

あの家――影の濃い顔が暮らしていたあの家で、私は自分の中でのたうち回る安住への憧れを意識せずにはいられなかった。それは、彼らの抜け道のない生活の中に、私が飲み込まれていくのが怖かったせいだろう。しかし、そこときっぱり縁を切ってこの相変わらずの曲が相変わらずの楽器で演奏される家にくるや、それは我慢ならない倦怠とこの家に対する嫌悪に形を変えたのだ。私という奴は、どうやら掴みどころのない男のようだ。

ピアノの音が止まった。無意識のうちに、私は床から腕時計を掴み上げた。私が今どんな行動をとったのかを悟るや、私は苦笑した。ピアノが止まった時間を確かめようとしたのだ。そして、明日もあのピアノが終わる時間を確かめ、その時間を比べながら、この家に対する嫌悪感を増幅させようとしていた。私は自分に呆れてしまうのを感じた。こんな感じがしたのは、さっきソさんのあの嘘のない行為を回想していたためではなかったか。ソさんが私に示してくれたものがあるとしたら、多少夢想的な意味での誠実さであり、そしてそれはこの洋館での生活を批判する上でも必須のものだろうと思わせるものだった。しかし、この家に移ってきた次の日の夕方、食事の時間も雑談の時間も過ぎて全員の勉強時間になるや、私は一人自分の部屋の壁に寄りかかり、ギターを爪弾きはじめた時のことを思い出す。ふいにギターが弾きたくなる時もあるものだ。それは感情の要求だが、だからといって非難すべきものではないだろう。私がチューニングをしていると、ラワン材でできた部屋のドアが開いておじいさんが入ってきた。そして、私のギターを弾く時間は午前十時から一時間、おばあさんと嫁がミシンを回すのと同じ時刻に指定されたのだ。偉大な家風が私に作用した最初だった。だがその後、私に与えられたその時間を利用したことは一度もなかった。しらけたと言うのが適切な表現だろう。

絶望感が板の間の隅にも庭の真ん中にもどの部屋にも立ちこめていた昌信洞のあの家では、彼らが長い間失ってしまった無形の感動のようなものを少しは悟らせ、魂の安定に一定期間は貢献できた私のギター。それが、老人がある一言で急に自分の老いを発見するように、古びた姿のまま部屋の片隅に立てかけておかざるをえなくなったのだ。

私は最初、この家に対して尊敬の念を抱いた。しかしすぐに、それが初めて見る景色への感嘆と同じ質のものでしかないことを悟った。理解と感情は別問題だということを発見したのもその時だった。この家族の計画的な動き、多少の亀裂ぐらいはすぐに繕えるように訓練された前向きな態度、何かを創造しているというプライドが生み出すくもりのない表情――文化という言葉を使える人々がいるとすれば、まさにこの人々だった。そしてこれこそ、人間が希求するものではなかったか。この人々は毎日毎日を走っているのだ。したがって、ある地点との距離を短縮させているわけだ。これが私の彼らに対する理解だった。

しかし、そのある地点が無限に遠いところにある時も、私たちは彼らが距離を短縮させていると考えられるだろうか。おまけに、私に対してギターを弾く時間の制約まで加えながらである。むしろこの人々の態度こそ、自分は歩いていると信じながら、実際は日々足踏みしている、まさにそれではないか。貧民街に暮らしていた人々の、あの限りない空回りのように見えた生活が、むしろここよりもっと中身のあるものではなかろうか。これが私の感情だった。それでついに、どちらか一方が間違っているとの思いが、ひどく私を押さえつけはじめた。本質的には両方同じではないかという疑問がわが内部の片隅から湧き上がることもあったが、それよりもっと強い力で私を引きずっていく、「どちらか一方が間違っている」という執念はどこから出てきたのか、私にはわからなかった。そして、ついにそれが発展し、すでにそうなることになっていたかのように、私はこの洋館の家族の生活を抜け殻に喩えていた。抜け殻の生活、あるいは少なくとも方向が間違った生活、習慣的な生活に過ぎないという思いが私を引きずっていた。この瞬間、私はどうしても何か行動しなければならないように思われた。そして、私がとる行動が少し賢明で人間をよく理解している誰かによって審判してほしいと思った。

何か行動が必要だという衝動が、その日の午後中、私を激しく揺さぶった。私は横になったまま天井を見上げた。模様のない褐色のベニヤ張りの天井。壁に向かって顔を向ければ、病院のようにきれいな壁。

その日の午後、家族が帰ってくる頃に私は外へ出た。今私が計画していることがこの家の家族を根本的に変えるとは、もちろん私は思わなかった。だが、何かしなければならないという義務感に近い考えが私をのろのろと歩かせ、ある薬局の前まで行かせた。すでに暗くなり始めていたので薬局の陳列棚には明かりが灯っていた。それで、そこに並んでいる薬の瓶や箱がおもちゃのように可愛らしく見えた。私は薬局の敷居に立ち、腰を屈めて陳列棚の中を眺めた。顔を上げると、おばさんが陳列棚の向こうから身を乗り出して私を見ていた。私はおばさんに向かってニヤリと笑ってから、まるで何かを探しているような態度で陳列棚の中をしきりにのぞきこんだ。私はためらっていた。何を探しているのかと、おばさんが親切な声音で尋ねた。私は依然として頭を垂れたまま陳列棚をキョロキョロ見回し、興奮剤はあるかと言った。どれくらい必要なのかと、おばさんがまた尋ねた。私は心の中であの家の家族を数えてみた。おじいさん、おばあさん、大学講師、嫁、女子高生、お手伝い、孫娘、全部で七人だった。私は七回分をくれと言った。そしてようやく、私は顔を真っ直ぐに上げた。おばさんは必要以上に厳粛な表情を見せて陳列ケースのところに行き、錠剤を白い紙に包んで持ってきた。

勘定を済ませて背を向けると、私は先ほどとは違って高揚した気分が鎮まるのを感じた。安堵のようなものだった。そして久しぶりに、周囲をゆっくりと眺める余裕ができた。夕暮れになり、私の周りには数えきれないほど多くの洋館が列をなしていた。家々の窓には明るい灯が点っており、昔のあの集落とは違って静かで、香ばしい料理の匂いが漂っていた。すると私はふと、自分はこの平穏な、不自由で平穏な集落を解放してやるためにきた悪魔だという思いがして、何だか、それが私を楽しくさせた。あるいは、あの貧民街が派遣した斥候かもしれないと思いながら、あの貧民街に対してこの何日間か感じていた罪意識に似たものが消えているのに気づいた。一種の卑怯な補償行為だとそばで誰かが言ったなら、私は本当に楽しくなり、うなずきながら笑っただろう。

私が家に戻った時、家族はお膳を前にしたまま私が帰るのを待っていた。

夜の十時十分前だった。あと何分かすれば、お手伝いは麦茶が入ったやかんとコップを大きな板の間の真ん中のテーブルの上に置くだろう。家族が出てくる前に、その飲み物に挽いておいた粉薬を入れなければならなかった。私は薬の袋を持ち、部屋のドアに体を押しあててお手伝いを待っていた。そしてその時私は、万一この家の家族の飲み物に粉薬を混入しないで、今すぐあの貧民街に帰って行くとしたら、そこで私はどんな行動をとるだろうかと考えてみた。しかし、それは考え出せなかった。むしろ私は、自分が決してあそこに戻らないだろうということがよくわかっていた。この考えが、さっき夕方薬局に行く前の考えとは少し矛盾することもわかっていた。とはいえ、自ら無意味だと認めているこの計画を中止したくはなかった。これは浅はかな悪戯か？　しかし私は、祈るように厳粛だった。

ついに、他の家族に比べてひときわ静々としたお手伝いの足音がして、やかんのカタっという音がした。お手伝いが戸締りに出ていく音がした後、私は静かに部屋のドアを開けた。そして、粉薬は飲み物にうまく溶けた。

私は自分の部屋に戻り、多少浮き浮きした気分で待っていた。しばらくして、私は全員がそのお茶を飲むのをはっきりと見て、彼らが各自の部屋に戻るのを見た。そして、彼らの部屋の明かりも消えた。でも、彼らは果たして眠っているのだろうか。私は、彼らが各自の部屋に再び電気をつけて座り、なぜ眠れずに心が浮き立つのかを考えていることを願った。私は静かにドアを開け、板の間に出て椅子に座った。私は待っていた。彼らの部屋に明かりが点くことを。

かなり長い時間が経った。何の兆しもなかった。それで私は、眠れずにあちこち寝返りを打っている彼らを想像してみた。彼らは今、眠った振りをしているだけなのだ。私が今バァーンとピアノを鳴らしはじめたら、彼らは救われたとでもいうように飛び出してくるだろう。もちろん、夜中に何の騒ぎだと、私を非難するという名分で。私はピアノを思いついたのが嬉しかった。私はピアノに近づいていった。そして、ふたを開けた。鍵盤が闇の中で白く笑っていた。私の指が鍵盤の上に置かれた。

今や手に力を入れるだけでよかった。もちろん、曲でも何でもない大きな音だけが、この家から私を押し流してくれるだろう。

ここで、公園の若者は話を終えた。

「ただ、もう一言つけ加えるなら……」と、少ししてからその若者は言った。「あの晩、ピアノをあれほどうるさく鳴らしたにもかかわらず、私をピアノの前から引き離すためにドアを開けて出てきたのは、ただ一人、おじいさんだけでした。咳払いを何度か聞いたようでもありますが……」

ピアノの前から離れながら、自分はどうしてあんなに孤独を感じ、彼の部屋に連れていくために自分の手を握っているおじいさんの腕が、どうしてあんなに力があると感じたのかわからなかった、と言ってから、その若者は私をじっと見つめながら尋ねた。

「どっちが間違っていたのでしょうか」

「そうですねえ」

と、私は答えながら考えた。私としては、すぐには信じられない話だった。第一、そんな生活があるようには思えないし、あったとしてもどちらかが明らかな間違いだとも言えない。むしろ、どちらとも残酷なだけだという点では同じで、どちらが間違っていると言っても、それはその若者が異質な事実を一人で同時に見てしまおうとしたところから生じた無理だったろう、と。

「私が間違っていたのでしょうか」

と、その若者は再び私に尋ねた。

「そうですねえ」

と答えながら、私は再び考えた。

そうして見ると、誰も間違っている人はいないようだ。しかし、これも自信のある考えではないし、率直に言えば、私もわからない。わかっていることはただ、その若者が見たという二つの生活が実際に私のすぐそばで共存しているとしたら、私もちょっと呆然とするしかないだろうという気がした。


（一九六三年）

夜行

ヒョンジュは自分の体にまとわりつく男の視線を感じていた。見なくても、どこかの酔っ払いに決まっている。振り向かなくても、ヒョンジュにはその男が自分に近づいてくるのがわかった。

「お住まいはどちらですか」

男が前に立ちはだかって声をかけてきた。

男は言葉とともに酒の甘い臭いを吐き出した。ネクタイの結び目はゆるみ、ワイシャツの一番上のボタンがはずれていた。それでヒョンジュはヘッドライトに照らされた男の首筋を見ることができた。それは羽がすっかりむしりとられて赤い色素で染められた雄鶏の皮のようだった。その皮の中で突き出た鳴管が一度素早くぴくぴくっと上下に動いた。唾でも飲みこんだようだ。あるいは、何か言葉を。いずれにせよ、男が緊張しているのは間違いなかった。おそらく、身じろぎもせずに白分の首の辺りを無表情に凝視しているヒョンジュの姿勢が男を不安にさせたのだろう。

「家はどこ？　同じ方向なら、タクシーに相乗りしようかと……」

弁明し始めたのを見ると、男は密かに逃げ仕度をしたようだ。「ご覧の通り、どうせこの時間はタクシーも相乗りせざるをえませんからねぇ」

ヒョンジュは男が大げさな手振りで指した車道を見ずに、男が手にしている大型の封筒を見た。飲み屋ではおそらく尻の下にでも敷いていたのか、皺くちゃだった。真っ赤で鶏の皮のようにブツブツとした毛穴が見える首筋。皺くちゃでありふれた黄色の大型封筒。酒の甘い臭い。そして、結び目が緩んだネクタイの上の顔が不安に震え、息遣いも早くなっていた。「お住まいはどちら？」と言って堂々と前に立ちはだかった、その声音ではもうなかった。

　青二才だ。男はようやく勇気を出したのだろう、酒の力を借りて。この時間、通行禁止が迫ったこの時間なら、鍾路《チョンノ》、乙支路《ウルチロ》や明洞《ミョンドン》付近のすべての停留所で、酒に酔った男どもが自分の近くにいる女の前に立ちはだかり偶然と出会おうとする向こう見ずな態度を、その男は数多く見てきたのだろう。そして、一度真似してみたのだろう。女が大声で手厳しく悪口を浴びせて逃げてしまうにしても、はなから試そうともしなければ、それこそどうしようもないというもの。ある女がある男のそばを偶然通り過ぎるだけのことなら、バス停のこの時間が他の時間とどこが違うというのか！

　そればかりか、意地悪い悪戯のように見せかける男たちのその行為の中には、真昼の生活から、この都市から、自らの予定された生活から、自分でも嫌気がさしてたまらない自分から逃げたい、という欲求が蠢いているのをヒョンジュは知っていた。また、彼女は知っていた。逃げられる人と、欲求があっても逃げられない人がいることを。鶏の皮のような首筋。皺くちゃの大型封筒。そして今、女の頑なな沈黙のために不安になって震え出した声。この男は一生逃げられないだろう。彼が言うように、一人百ウォンずつ出してタクシーに相乗りして家に、彼の日常に、帰っていくしかないだろう。帰らせてやろう、彼が望んでいるのはそれなんだから。

「私、家は向かいの、すぐそこです」

彼女は男の顔も見ないまま、低い声で嘘をついた。

「ああ、そうですか。これはとんだことを……失礼しました」

男は実際以上に酔った振りをし、体を支えるのも難しいというようによろめきながらヒョンジュの前を離れ、人込みの中に消えていった。

男が行ってしまう前に、彼女はわざとではなかったが、彼の顔を見てしまった。すぐに指摘できるほどの特徴があるわけではないが、好感の持てる顔立ちだった。何より、顔を見るまで彼女が本能的に想像を働かせていたよりも彼は若かった。二十七、八歳だろうか？

思いがけない感覚が急に彼女の体内に広がり始めた。それは寂しさだった。彼女の見かけとはまったく関係ないように思われる、純粋な寂しさだった。

それは、たとえば彼女がいつか映画館でニュース映画を観ていた時に感じた感覚と同じ類のものだった。ベトナムの前線に送られる軍人が軍艦の甲板上を真っ黒に覆っていた。彼らはみな花輪を首にかけ、いつまでも埠頭に立っている人々に向かって笑いながら手を振っていた。彼らの顔がみな幼いと言っていいほど、あまりにも若いのに今更ながら気づいたヒョンジュは衝撃を受けた。そして、そんなに大勢の顔を一度に見たので、ふとわが種族の顔の特徴に気がついた。彼らの顔は、それなりに異なる人生によって、良くも悪くも強い個性をもってしまった老人の顔ではなく、ようやく自分なりの人生を生きるようになった若者の顔だったから、スクリーン上でとらえたわが種族の顔の特徴は、多分ほぼ正確なものだったろう。その特徴からヒョンジュが下した結論は、わが国の男はまるで軍人には似つかわしくないというものだった。米軍式のユニフォームのせいだろうか。ニュース映画を見ながら、家に帰ったら早速、韓国人の男が軍人らしくみえる軍服をデザインしなければならないと考えた。そう思うと同時に、どんなデザインでも彼らを軍人らしく見せることはできないだろうという断定を、漠然とではあれ、下していた。突然、他の人と同じように花輪を首にかけ、笑いながら手を振っているある軍人の顔がクローズアップされた。カメラマンがどういう意図でその若者をクローズアップしたのかわからないが、その画面を見ながらヒョンジュはこみ上げてくる感動で下唇をそっと噛んだ。その画面内の人物こそ、彼女が発見した特徴を最もよく表した顔だったからだ。平べったい額、濃い眉、大きくない目、頬骨が少し突き出ながらも面長な顔……ヒョンジュはその若者を軍艦で送り出したくないという衝動にかられた。危うく画面に向かって両手をさし出すところだった。だが、すぐに画面は変わり、はためく太極旗の波から軍艦はしだいに遠ざかっていった。その時、彼女は疲れたように力が抜け、ジワジワと押し寄せる寂しさを経験したのだ。

最終バスを逃すまいと、あちこち駆けまわる人々の間を歩きながら、ヒョンジュは自分をハントしようとする男たちの顔はできるだけ見ないよう、自らに約束させたのは幸いだとあらためて思った。

彼女が自らにそう約束させた一番の動機は、その後その約束が見せた効果とは正反対だった。つまり、夜の街で自分に話しかけてくる男の顔を彼女が努めて見まいとする理由は、男に勇気を与えるためだった。彼女の考えでは、もし自分が男なら、夜の街で冗談半分、本気半分で通りすがりの女をハントする時、男の顔に目をやることもできずに黙って立っている女を見たら、なかった勇気も湧いてきて、コトはリアルな現実になるという、楽しくも切迫した気分になれるのではないか、というものだった。もし自分が男ならそうだ。それ以上余計なことを言わず、その女の手首を握って引っ張っていくだろう。引っ張っていく。

しかし、彼女の沈黙と素知らぬふりを男に試した結果、それはいつも不安と警戒心で男を震えさせるだけだった。彼女が出会った男の中で一番図々しいと思える男も、「何だ、口がきけないのか」と言って尻込みしてしまった。

予想とは正反対に現れたこの効果を、ヒョンジュは決して不満には思わなかった。むしろ、そのため多くのことが節約できるとわかって嬉しかった。時間も言葉も、そして何よりも、声をかけてくる男が自分に必要な男かどうかを確かめる努力が節約されるというのは、まったくもって幸いだった。

そして、今や幸いと思われる理由がもう一つ増えた。

器の水に落ちた一滴のインクが広がっていくように、彼女の中で広がりはじめ、今や足先まで一杯に満ちているあの寂しさ。万一、あの男が声をかけてきた時に男の顔を見たために寂しさを感じたのなら、おそらく彼女は自分の方から男に腕を差し出していただろう。丁度、映画館でスクリーンに向かって腕を差し出しそうになったように。実際、その可能性はあった。

最近、彼女の欲求は揺らいでいた。

彼女は自分の欲求があまりにも無謀で、非常識かつ反社会的だというのを、その欲求の芽が自分の内部を刺激しはじめた時からわかっていた。しかし、彼女にそういう欲求をもたせたある経験が、また人間がもつ欲求は、それがどんなものであれ、その内部に一条の強烈な光彩を放っているという自覚が、彼女にその無謀で非常識かつ反社会的と思われる垣根を、あえてそれとなく越えさせようとしたのだ。ある時間、ある場所、ある人々の間では、それは決して無謀でもないし、非常識でも反社会的なものでもないだろう。例えば、捕虜収容所を脱出したいと思う捕虜を想像する。捕虜は鉄条網の緩んでいる所を偶然見つける。それを見つけるや、彼は自分がこの収容所から脱出したがっていたことをようやく悟る。彼は計画を立てて準備する。そして予定していた、ある月のない夜に鉄条網を越える。ある立場から見れば、彼の行為は明らかに無謀で非常識かつ反社会的だ。だが、彼の欲求は完全に否定すべきものなのか。

ヒョンジュが自ら警備の手薄な垣根を経験したのは、八月初旬のある日だった。それは今やどんな手立てを講じても訂正できない過去の事実にもかかわらず、彼女には真っ昼間に起きたそれが、日が経つにつれて一層信じられなくなった。もちろん、真っ昼間、日も長い八月の午後三時頃だった。

彼女は新世界デパート前の歩道橋の階段をのろのろと上っていた。彼女が着ていた服は銀行員の制服ではなく、木の葉模様のピンクのワンピースだった。彼女は一週間の休暇を過ごしていた。その日は休暇の最終日だった。彼女は何時間か前に市外バスから下りた。休暇を故郷の母と過ごしてきたのだ。

久々の休暇を前に、彼女はとても多くの計画を立てた。しかし、その計画は何一つ実行できずに終わってしまった。初めの計画には入ってもいなかった、とんでもないところで休暇を過ごした。結局、ある義務感から下した決定だが、長い間会えなかった故郷の母のそばで休暇を過ごすことにしたのだ。それで、彼女は母のところに行った。母娘は最初の日は久しぶりに再会した喜びでウキウキと過ごした。翌日は家の色々なことについて仲睦まじく話をしたが、三日目には母特有の抗いがたい小言が始まり、四日目には娘特有の癇癪が起きて、最後は母と娘で大喧嘩した。五日目の明け方、娘がバス停に向かう間に母と娘は無言のうちに和解し、娘がバスに乗りこんだ時、母は別れの悲しさで車窓にしがみついてボロボロ涙をこぼし、娘は娘で涙ぐんだ。それだけだった、彼女の休暇中に起きたことは。

面倒な歩道橋の階段を上がりながら、彼女はサンダルの皮ひもの外にはみ出ている自分の足の指を見下ろしていた。それは汗と土ぼこりで他人に見られるのが恥ずかしいほど汚れていた。それだけは自分のものではないようだった。いや、その部分だけが自分の真の所有物であるように思われた。

階段を上りはじめる少し前に、彼女は夫に電話して自分が帰ってきたことを知らせた。夫は彼女と同じ銀行に勤めていた。だが、彼ら二人が事実上の夫婦であることを職場では誰も知らなかった。彼らは職場で知り合い、恋愛をして夫婦になった。しかし、結婚式はしなかった。夫婦であることも努めて隠した。彼らは職場では全く他人同士のように行動し、仕事のためにやむをえず話をする場合も、決まって無表情に「朴先生」「ミス李」と呼びあった。この二年間、二人の芝居は一度もばれたことがなかった。今や自分たちも芝居をしているという意識はなかった。他人が自分たちの関係に気がつかないように注意することもすでに習慣化していた。もちろん、不安な習慣ではあったが。二人のうちそうしようと提案したのは夫ではなく、ヒョンジュの方だった。彼女の職場は既婚女性を雇わなかった。結婚したら女子職員はその職場を辞めるか、既婚女性でもかまわない他の職に移らなければならなかった。でも、ヒョンジュには両方ともやれる自信がなかった。彼女は夫の収入だけでは平凡な生活の幸せも望めないという不安に囚われていたし、貯蓄がもう少し増える可能性を捨ててしまうのも嫌だった。夫は最初、男としてのプライドを主張したが、ヒョンジュのほとんど訴えに近い主張で自分のプライドをなだめ、彼女の提案に同意した。もちろん、彼らもいつかは他の人のように正式に招待状を送り、銀行の頭取に頼んで結婚式を挙げるはずだった。ヒョンジュは退職金をもらって喜んで職場を辞めるだろうし、夫に避妊具を使わせることもないだろう。また、その頃には係長になっているはずの夫に、「部下たちに、今夜はうちでごちそうするよって言いなさいよ」と言うはずだった。それは、不安な習慣になっていた彼ら夫婦の芝居を確実に補償してくれても余りある楽しい夢だった。

でも、どうしてこんなに汚く見えるのか？　彼女は階段を上っていた。もう職場を辞めなければならない時がきたのだろうか。

「私です、今朝着きました。帰るまで、連絡しないつもりだったけど、会いたくなって……そばに誰かいる？」

「うん」

夫の答は短く、ぶっきらぼうだった。

「そう、じゃあ、後で。買い物して帰るわ。もちろん、早く帰るでしょ？」

「もちろん」

「電話、切るわ」

「ああ」

彼女の耳の中ではまだ受話器特有のビーンという金属音が鳴っていた。階段を下りてきたパラソルの切っ先がヒョンジュの目の脇を掠めた。痛かったが、それでも澄ましてやり過ごした。韓国銀行本店のドームの影で何羽かの鳩が暑い陽射しを避けているのが見えた。ヒョンジュが最後の階段を上がろうとした、その時だった。見知らぬ男の荒々しい手が彼女の肘の辺りをギュッと握ったのは……。

一度も見覚えのない男だった。いや、見たことがあるかもしれない。満員バスの中で、あるいは銀行の窓口で、あるいは映画館の休憩室で、あるいは市場の狭い通路で、あるいは……そんなところなら、いくらでも見かける、まったく見覚えのない顔だった。男は少し太っていて、日に焼けた褐色の顔から汗がだらだら流れていた。三十三、四歳？　醜男ではなかった。

「何をなさるんです」

ヒョンジュは男の手から腕を抜こうとした。汗に濡れていた男の手の平がツルッとすべった。だが、男は手を放さなかった。

「静かに話したいことがあります。何もおっしゃらずに、私についてきて下さい」

と言って、男はヒョンジュの肘を掴んでいた手を下ろし、力を込めて手首を掴んだ。そして、彼女が今上がってきた階段を下りはじめた。彼女はよろけながら引きずられていくしかなかった。男の切迫した表情に騙されたわけではない。恐怖が彼女の喉を塞いだのだ。何か、誤解しているのだろう。この男の誤解が、私に釈明できる誤解なら……。

「何をなさるんです」

「ちょっとだけ」

「どこへ行くんです」

「すぐそこです」

「手を放してください、ついていきますから。私を知ってるんですか」

「知っています」

男は手首を放さず、ヒョンジュの顔を見向きもせずに言った。歩道橋で肘を掴んで声をかけた時を除けば、彼はずっと彼女を振り向きもせずに歩いた。

彼女は恐怖と混乱の沼の中であがきはじめた。息が詰まりそうだった。足をバタバタさせてみたが、混乱の沼の中には踏み石がなかった。彼女の頭の中は熱く膨らんだ泥でいっぱいになった。彼女は思った。ああ、とうとう私の芝居が、インチキが発覚してしまった。発覚したのだ。ウソをついた罪で、私は今捕えられていくのだ。彼らは私を拷問するのだろうか。いや、拷問される前に自白してしまおう。いや、そんな必要はない。もちろん、私たちは結婚式を挙げなかったし、これからも挙げないだろう。そう、それなら、私には自白することは何もないのだ。

二人はデパートの角を曲がった。車道を渡った。途中、車道の真ん中で車が何台か通り過ぎるのを待つためちょっと歩みを止めた時、男は突然「ひどく暑いでしょ」と呟いた。それは彼女にというより、自分に言い聞かせるための呟きのようだった。男が女に話かけるのは、女の手首を握っている彼の手を通じてだった。女は手を抜こうとし、男は放すまいとする、二つの手はひどく滑らかに摩擦しており、その動きを目にすると、ヒョンジュはまるで男が自分を愛撫しているのではないかという錯覚に襲われた。男の手は妙な形で彼女の手首を掴んでいた。つまり、男は親指の先を残り四本の指先につけて輪を作ったのだ。その輪の中にヒョンジュの細長い手首が閉じ込められた。その輪は女の手首が思い通りに動けるゆとりはあったが、抜け出すことはできなかった。彼女は男の手のデリケートな操作が気に入った。恐怖の中での安心とでも言おうか、そんな気がした。彼女は手首を抜くのを断念した。すると、その輪がしだいにしぼんでいき、動きを止めた女の手首を痛くない程度に絞めた。彼女はふと自分と男の手の、その汗に濡れて滑る間から生命の荒々しい息遣いが聞こえてくるのを意識した。それは太鼓の音のように鈍重で、魚のエラのように速い息遣いだった。男の命でも自分の命でもない、まったく見知らぬ命が今ここで、汗に濡れた手と手の間から生まれるようだった。すると、彼女の恐怖と混乱は言いしれぬ力によって一層彼女を揺るがしはじめた。

「私に何を、何を要求なさるんですか」

「要求だなんて、誤解しないでください。あなたに話すことがあるんです」

男は落ち着いて低い声で言った。

ヒョンジュは男の目的地が近くの喫茶店か、最悪の場合は交番程度だろう、と考えていた。だが、男が会賢洞《フェヒョンドン》の路地裏に新装開店していくらも経たないような二階建ての建物に、一言の釈明もなく、また一度も振り向かずに、ヒョンジュを引きずりこんだ時、彼女は驚きのあまり、顎がガクガク震えて一言も発することができなかった。そこは旅館だった。

「泣くな。警察に、強姦されたって告げてもいい。俺は監獄行きなんか、怖くないんだ。あんたの肘がとてもすべすべに見えたんだ。手に入れて触ってみたかった。あんたに手を出さなかったら、どうなったかな。どうなるって、どうもないけど。あんたもやっぱり、何にも起きない方がいいって思う、そんな女なのか。ああ、暑いな。泣くのはやめな。夏に泣いたら、風邪を引くって」

男が話すことがあると言ったのは、だいたいそんなことだった。

そんなことがあった直後、ヒョンジュはそれを単なる災難だと思おうとした。自分の罪意識と、あるならず者の道理に外れた欲求が偶然出くわし、その巻き添えを食っただけだと考えようとした。その事件自体に関し、自分に責任があるはずがないと考えようとした。夫ではない他の男の体が自分の体に触れた点については夫にすまなく思うが、だからと言って、その事件を告白して許しを請うという類のことはしたくなかった。できれば、一日も早くその事件を忘れたかった。

だが、日が経つにつれ、そのことが彼女に残した痕跡は明らかになった。まるで血と膿と肉の塊がごちゃまぜになり、何がなんだかわからなくなった傷が、ずっと後で一筋の白い傷跡としてはっきり姿を現すように、その事件は彼女の内部に定着していったのだ。

その事件が起きたことに責任を取らねばならない人がいるとすれば、それはあのならず者ではなく、自分と自分の夫でなければならないとヒョンジュは考えるようになった。それればかりか、あの日、あの歩道橋の上で手首を掴んだのはあのならず者だったのか、自分の方だったのかも判断しかねると思うようになった。自分は自分の汚さを見た。そして、そこにあるすべてのものから逃げたかった。ちょうど一人の男が自分の側を通りかかった。自分はその人の手首を掴んで、ここではない別のところに連れて行ってくれと哀願した。その人は自分を連れて行ってくれた。「この場」ではない別の場所に。もっと良いところかどうかはわからないが、少なくても「この場」でないことだけは間違いなかった。その点については疑う余地がない。これがあの事件の正確なあらすじだと彼女の意識は語っていた。

ヒョンジュは、自分があの男にしがみついていたに違いないと考えるようになった。そして、その男は頼もしく行動したようだ。惰性が彼女に吹きこんだあの男への抵抗を、男はどれほど格好良く身動きできないまでに殴り倒したことか！　汗、そうだ。やむことなくふき出し、全身を洗い流した汗は、彼女の「この場」が敗北の辛さに流した涙ではなかったのか！

しかし、彼女のうわべの生活は依然としてつづいた。夫とは二十分間隔で銀行に出勤し、銀行で二人は出きるだけ接触を避け、どうしても言葉を交わさねばならない場合は「朴先生」「ミス李」と呼んだ。一日の仕事が終われば、言うまでもなく夫は他の行員と一緒に退社し、ヒョンジュもやはり他の行員に混じって退社した。その後、二人が家で会う時間は一定ではなかった。

ある日の夜遅く、彼女は中央劇場でその日の最終回の映画を見て明洞入口まで歩いてバスに乗った。バーのホステスたちが酒に酔い、よろめきながら家に帰る時間だった。バスに乗って席に着いたヒョンジュは、バスが出発するまで窓から見える通りの風景に目を凝らしていた。この時間のこの通りは、彼女にはなぜか尋常ではなく見えるのだった。彼女が働いている銀行は、この通りの脇にあった。だから、昼間や夕方のこの通りは見慣れていた。だが、この時間のこの通りはなぜこんなにも見知らぬ通りに見えるのか。最終のバスに乗り遅れないように、人々が焦って走り回っているためだけではなかった。明洞の店がみな明かりを消し、シャッターを下ろしてしまったためだけでもなかった。車内に充満する酒の臭いのためだけでもなかった。やたらに派手な服を着たホステスたちが何はばかることなく、下品な言葉を声高に喋りながらバスに乗りこんでくるためだけでもなかった。この通りのどこから、今自分の耳が聞いている荒い息遣いは聞こえてくるのだろう。誰かが自分を呼んでいるのだろうか。なぜ今この通りから、恐怖と混乱の荒々しい風音が聞こえてくるのだろうか。

ついにヒョンジュは、あらゆる音がどこから聞こえてくるのか探し出した。通りのあちこちで男たちが過ぎゆく女の前に立ちはだかる姿が、目に入ったのだ。さっきから自分が見ていたのは、まさに彼らであるとヒョンジュは悟った。

ある女は自分に声をかけた男について行き、ある女はついて行かなかった。その女たちの大部分がホステスであるのは服装から推測できた。もちろん、男について行った女たちが職業柄、見知らぬ男と同行することに特別の意味を感じるかどうかは知りようがなかった。だが、バスの席から窓越しに彼女らを見ていた時、自分を汚いと思っている女たちがそんなにも多いという事実を、ヒョンジュはある衝撃をもって受け止めざるをえなかった。

考えてみれば、彼女はその風景を今日初めて見たわけではなかったはずだ。見たことがあると言えるほどは、注意してみたことがなかったのだろう。以前は彼女が彼らを見たと言っても、そこに何らの意味も見い出せなかったから、気にもかけなかっただけだろう。

走るバスの中で、ヒョンジュは彼らについて考えていた。彼らは垣根を越えてどこへ行ったのだろう。彼らが着いたのはどんなところだろう。垣根を越えて、彼らは監視兵の狙撃を受けなかったのだろうか。軍用犬の荒々しい息が背後に迫り、サーチライトの丸い光が彼らの背中をいつまでも追いかけているのではないか。彼女は彼らが無事に逃げおおせることを祈った。

それ以後時々、彼女は暑い八月のあの日に偶然一度越えた垣根を、また越えてみたいという強烈な欲求が発作的に起きるのだった。ついにある晩、夜の街に出かけた。わざとバーが店じまいする頃の時間を選んだ。

ヒョンジュは時々他の人と肩をぶつけながらのろのろと歩いた。

一時間もすれば、この街にシャッターが下ろされる。自動車は恐ろしい速度で疾走し、通行人の歩みは速かった。その中で、彼女の遅い歩みが目についた。彼女はそれを計算していた。

まだ秋だと思っていたら、気温が急に零下まで下がった夜だった。鍾路デパート脇の路地の影の中に、男がしゃがんでウェッウェッと声を出しながら吐いていた。その日の朝にクリーニング屋から受け取ったようなきれいなコートの裾を、男は苦しんで体をよじらせるたびにあちこち地面の上を引きずっていた。油をつけてきちんとくしを入れた髪が街灯の光を浴びて針金のように光っていた。ほぼ似たような格好の別の男がクックックッと笑いながら、その男の背中を拳で叩いていた。吐いている男が片手を肩の後ろに回して振りながら言った。

「この野郎、痛えよ、痛えじゃねえか、こんチクショー」

ヒョンジュは視線をそらして通り過ぎた。彼らに対する言いしれぬ強い憎悪が湧き上がった。そうだ、彼女は自分が憎悪している者は誰なのか、わかっていた。ヒョンジュは彼らと自分の夫を区別できなかったのだ。おそらく彼らの服装のせいだったろう。ソウルの中心街ではいくらでも見かけるサラリーマンの、あの似たり寄ったりの服装のために、しばし彼らと自分の夫を混同したのだろうか。そして、彼らの中の一人は、嘔吐する友だちを介抱してあげようという真心からではなく、ただそうするのが面白いから拳骨で友だちの背中を叩いて笑っている。そしてもう一人は、そのきれいな服装にもかかわらず、まるで自意識が欠けたヤクザのような口をたたいているのが、ヒョンジュには憎らしく、その憎しみをそのまま自分の夫に向けたのではなかろうか。あのように幼稚に振るまえる者こそ、同じ職場に自分の妻がいても、ポーカー・フェースで上手く隠し通すのではなかろうか。

その晩、道にしゃがんで吐いている男を何人か見た。そして、彼女は待っていたものに出会った。

「どちらまで?」

ヒョンジュの脇に近づいてきて、肩を並べて歩きながら男が言った。彼女は歩みを止めた。男の顔を眺めたい欲望を抑え、彼女は地面ばかり見下ろして立っていた。

「どこかでコーヒーでも一杯飲もうと思うんですが、一緒にどうですか」

男がヒョンジュの肩に手を置いて言った。

ヒョンジュは黙っていた。自分の内部から、あの例の恐怖と混乱が起きるのを待っていた。

「まだやってるお店があるはずです。行きましょう」

男は決心したようにヒョンジュの肩を軽く押しながら言った。だが、彼女は一歩も動かなかった。

男の手の力があまりにも弱かったのだ。

「ほお、石の仏様ですか。じゃあ、一人で行きます。ああコーヒー、どんなにおいしいだろう……」

男はそっと立ち去った。

男が自らの沈黙を恐れたことを、彼女はようやくわかった。男が自分の行為を冗談めかしてしまおうとしたのが、彼女にはひどく不快だった。男が行ってしまった後になって、ようやく彼女は自分が待っていたのは恐怖と混乱でもあるが、それより男の強引な引っ張る力だったことがわかった。彼女の内部で恐怖と混乱の熱い渦が沸き立たなかったのは当然だった。それは、男の手が彼女の手首を荒々しく握って引っ張った後でなければ起きないからだった。彼女は、あの夏の、自分を襲ったあの男がひどく懐かしくなった。結局、その夜はタクシーに乗って家に帰った。

彼女の徘徊はいつもそのようにして終わるのだった。彼女はしだいに悟っていった。男たちが脱出したがる欲求は、ほぼ全員が条件付きであることを。言いかえれば、男たちは永遠に「この場」を立ち去る気はなさそうに見えた。彼らはしばらく垣根を越えて外に出てみる。だが朝になれば、すぐに元に戻ってしまう。いや、そこまでも行かない。垣根の中で垣根をまさぐりながら、限りなく想像だけをめぐらしているのだ。

そして、彼女はあらためて悟った。ヒョンジュの欲求は、男が自らの欲求を果敢に実践してこそ、ともに成就されるということを。そうだ、男が彼女の内部に恐怖と混乱を引き起こせないなら、どうして彼女は自分の汚さを自白することができようか！

ヒョンジュは歩いた。歩きに、歩いた。だが、誰も「監獄行きなんか、怖くない」と言ってくれる人はいなかった。彼女は通行禁止時間が迫ってタクシーに乗り、家に帰らねばならなかった。

ある日、職場で彼女は無意識のうちに夫に向かい、家でのように「あなた！」と呼んだ。夫の顔が真っ赤になり、強ばるのを見て、また夫のそばにいた行員たちが大声で笑うのを見て、彼女は初めて自分の失敗に気づいた。そんな失敗はそれまで一度もなかった彼女だった。すぐさま夫が、「何だって！　僕がミス李の夫？」と冗談っぽく、うまくはぐらかしたので、彼女の失敗は一つの冗談で終わったが、彼女自身にはひどく衝撃的だった。芝居がばれる時がきたのだ。芝居はばれなければならない、と彼女は執拗に考えていた。

ある晩、ヒョンジュは一風変わった男に出会った。とにかく、その男は彼女の手首を力いっぱい握って引っ張っていった。その男が目的地に定めたに違いないある路地裏のホテルが見えてきた時、彼女は待っていた恐怖と混乱が蒸気のように立ち上るのを感じた。彼女自身がそれを客観視できるほど、その量は多くなかったが、いずれにせよ、それは彼女の内部で生じたものだった。彼らはホテルの玄関前に着いた。その時、ふと彼女は男が自分の顔を見ているのを見た。男はまるで「本当に大丈夫?」と彼女に尋ねているようだった。すると、急に彼女の恐怖と混乱はきれいさっぱりと消え、代わりに男に対する嫌悪感だけが膨らみはじめた。彼女は男の手を振り払い、路地の外へ走り出た。そして、タクシーに乗って家に帰った。車内で彼女は、八月のあの男が旅館の中に入るまで一度も自分の顔を見なかったこととの意味がわかった。確かにそれは重要な意味をもっていた。

その時初めて、彼女は自分の欲求が簡単には成就しないことがわかった。八月のあの男と同じ男がいくらでもいるとは思えなかった。

そして最近になり、彼女の欲求は揺らぎはじめた。時折、彼女はあの恐怖と混乱がなくても、男の手に引きずられるのも可能ではないかと考えたりもした。娼婦のように、いや切実に祈らねばならないことが特にないにもかかわらず、ミサに参席する信者のように。

だが、ヒョンジュが最も恐れたのは、自分の欲求をそうした儀式として包装するようになるのではないかということだった。漠然とだが、もし自分に恐怖と混乱がなく、それをしたなら、最後には儀式が残るだけであり、そしてそれは破滅であるとわかっていた。

彼女が望むのは、そうだ。破滅ではなく救いだ。ペテンからの解放だった。

にもかかわらず、欲求の席に儀式を座らせようとする誘惑は、彼女の徘徊が頻繁になるほど膨らむのだった。その誘惑を彼女が恐れる理由は、それが彼女の内部からくるためだった。例えば、さっきの男の顔がそれだった。いや、あの男が若くて好感の持てる顔だったからというのではなく、その顔を見た後、ヒョンジュの内部に広がったあの寂しい思いがそれだった。スクリーンに向かってもう少しで腕を差し出すところだった、あの誘惑だった。花輪を首にかけて手を振りながら笑って死んでいく種族に対する不憫さが、それだった。

「家はどこ?」

一人の男が彼女の前に立ちはだかり声をかけてきた。

(一九六九年)

妹を理解するために

祝電

「イ」【*】兄

符号というものをつくりし者に安らぎあれ。支離滅裂な僕の感情を、感情のニュアンスという点においてはまるで縁もゆかりもない意思伝達手段でもって表示できる、この不思議さよ。とはいえ、故郷の妹は花模様の封筒に入った電文――「祝御出産」を読むんじゃないかって？　オーマイガッド！　肩をそびやかすジェスチャーで万事オーケーの感情表現を、僕は西洋シネマから一足先に習ってる。

プロフィール

金さん、僕らは酔うためにこの世に生まれてきたんじゃないでしょうか。しかし、自称小説家のアイツは酔っ払って赤くなった顔を深刻そうにしかめ、けどね、ワタシたちは恋しがるために生まれてきたんじゃないでしょうか。そう言いながら、アイツは疎らに生えた顎ひげをそれとなく撫でたりもする。

だが、アイツのことなら、僕がよく知っている。そんなはずはないけどね、万一、万が一、ワタシが多少とも稚気が垣間見えるとしたら、それはワタシが愛してた女を失ってからのことでしょう、とアイツはのたまうが、とんでもない、アイツが痴漢になったのはずっと以前のこと——もしかしたら、生まれた時からじゃないかと思われる。天性とでも言おうか、ところでアイツは愛してる何のと言いながら、言い訳できなくてやきもきしているのだ。

図々しいからどこへでもよく出かけていき、何であれ、自分抜きではダメなように思い、友情についてもまるで奴隷がご主人様に仕えるようにしてくれるのを期待し、その友情に対するお返しはでっち上げの支離滅裂な猥談だ。

世の女たち、いや、あらゆる人を自分の所有物のように不憫に思い——不憫に思うふりをして、だから僕が酔うためにと言ったら、違うよ、恋しがるためにでしょ、と突拍子もないことを言い返してくる奴だ。他人にとても寛大なふりをしながら、しかし、相手からアイツを非難する言葉がちょっとでも出ようものなら、正面から相手を罵ることはとてもできないが、内心ひどく思い悩んでその人を永遠の敵と思ってしまう。そうしてできた敵が多いせいか、アイツは、俺に機関銃一挺あったらな、真っ昼間に大通りでタタタタ、タタタタってやれたらな、と精神薄弱のような話を時おりつぶやくのだ。

酒といえば、養命酒を飲んだだけでも酔っぱらう奴が、友だちに会いさえすれば、まるで挨拶のように、おい、一杯おごれよ、とねだる。それで、本当に友だちが飲み屋に連れていこうものなら、たった一杯のマッコリで顔がまっ赤になってしまう。俺、ちょっとトイレ、と言ってずらかるのが常だ。それに失敗すると、杯を受けないためにつまらない流行歌ばかり歌いつづける。それも女の声に近い、縁起でもない声で歌うのだ。そんな調子だから、結局、アイツは大通りの向こうに知ってる女でも見つけると、おーい、ちょっと、一杯やろうよ、と叫んでしまう。乞食、あるいは一種の秋波。酒を飲むことより、自分の存在を知らせることに目的があるようだ。

誠実さなんてどこにもなく、誠実そうに見せようとする努力の痕跡が一種の苦痛の表情となってアイツの顔に現れているだけ、それすらアイツと似たり寄ったりの友だちに対してだけだ。まるで自分らにだけ苦悩が、アイツご贔屓の苦悩があるかのように話し、真面目に暮らしている人々がぶちあたって格闘している苦悩には、アイツはわざと目をつぶろうとしているようだ。アイツがアイツ流の苦悩なるものについて御託を並べる時は、おぇっ、本当に吐き気がする。

アイツは貧しいことを何か自慢でもするかのように、自分が気に入った女がいると、何はさておきくっついて、ワタシにはカネはないけど純情はあります、とか言いながら、どうも相手の「純情」を物乞いするらしい。アイツのそんな態度といったら、もしアイツがはした金でも手にした日には、ワタシの家には車もピアノもテレビもありますからワタシと結婚して下さい、と間違いなく言いのけてしまう奴なのだ。そうかと思えば、時にはまるで億万長者の孫にでもなったかのように、バー、飲み屋、喫茶店で高価な飲み物を注文したり、自分には何の必要もない笛や風船をいっぺんに十個ずつ買ったり、バスの切符売りのおばさんたちに気前よく金品をバラまいたり……。そうやって久しぶりにちょっとふくらんだ懐を一日、いや、わずか三、四時間ですっからかんにして、また、ワタシにはカネはないけど……なのだ。今自分がどんなにくだらないことを言っているのか、自分でよくわかっているのか、今ではまるで悪戯でもするかのように、めったやたらにしゃべりまくって楽しんでいる。一から十まで同情すべき点は一つも見つからず、不憫な奴とでも言おうか。それでも生きていたいのか、急死に備えて懐にはいつも遺書を入れている。そう言われると、その遺書を一度見てみたい気もする。遺書だけに、多少真実に近いことが書かれているのか。まあ、わからないが、おそらくそれは見ない方が幸せかも知れない。なぜって、アイツは嘘をつくのが恐ろしいほどうまいから。約束を破ることなんか日常茶飯事だ。そして、アイツにあるものといえば過去だけだから——それも、今ここにアイツがいるという事実は無視できないから、アイツにも過去があるんだろうと推測するという程度で、そうでなけりゃ、それすらも信じられなかったろう——常に過去のことしか話さない。何歳の時に俺は……そんなふうに。黙って聞いているしかないが、その話も大部分は作り話であるのは間違いない。どんな作り話の過去であれ、それを何度もくり返しているうちに、アイツ自身がまるで事実のように思いこんでいるらしい。そうした意味でなら、アイツの過去は非常に多様かつ豊かで真実のものだったし、だからアイツの言う通り、生まれてこないか、あるいは生まれてすぐに死ぬか、要するに、過去の中に消えてこそ幸せだったのだ。しかし、作られた過去、おまけに本当のようになってしまった過去——僕はそんなもの、想像もできないが、数年後にアイツは今の自分をどのように飾りたてているのだろうか。真実ではないという点で、どれが正しいかわからないという点で、もしアイツが戦場の兵士なら、間違いなく自らすすんで二重スパイになるだろう。ひょっとしたら、銃殺刑になることを知っていてもやるかも知れない奴なのだ。

愛。愛されることもなく、愛することも怖くて痴漢になったとは図々しい話だ。あの高貴な愛がアイツのような人間によって汚されるのではなかろうか。愛を、何か金銭取引とでも思っているのではないか。愛といっても、アイツの愛は厚顔無恥極まりない。いつだったか、アイツと一緒にバスに乗った時だった。吊り革を握って立った僕らのまん前に座っていた青年を、アイツは変な目つきで見ていたと思ったら、今にも捕って食わんばかりの恐ろしい憎悪の視線を彼に向けていた。まったく幸いにも、その青年がアイツの視線を感じなかったから、僕たちは何事もないままバスを降りた。聞いてみると、アイツはその青年とはまるで知らぬ仲。時おりアイツはバスのようなところで誰かを、アイツの昔の恋人を奪った男――その男をアイツは知らない――と仮定する。あるいは、ある女が昔の女と鼻が似ている、口が似ている、笑い声が似ているとかを発見すると、アイツはその人々にも険しい視線を向けるのだった。愛というにはケチ臭い、ケチ臭いというよりは精神病、精神病ならたぶんそうだろうというような愛なのに、愛がどうのこうのとアイツはのたまう。「愛は与えるもの、最も美しいものは悲しみという感情」――こうした愛のイロハもアイツが知らないのは確かだ。

アイツはまた傲慢で同時にみみっちく、自分が街を歩けば道行く人が振り向いてくれるような人物になりたいと思う。それなら、映画俳優にでもなったらよかったろうに、容姿には自信がなかったので小説家になって威張りちらしているような奴だ。小説家とは言っても、薄っぺらな小説を一冊出版しただけだ。いつだったか僕は、アイツがいつもポケットに入れている、その著書というものを見たことがある。本とは言っても、文字もはっきりしない、古びて欠けた活版印刷で、まず読んでみたいという気持ちが湧かない。その上、ちょっとだけ眺めてみたが、「愛、懊悩、悔悟、憐憫、罪、罰、姿勢、人間、美徳、神、悪魔、宗教、社会、精神の後進、後進……」、そして再び「愛、懊悩、悔悟、憐憫、罪、罰、姿勢、人間、美徳、神、悪魔、宗教、社会、精神の後進、後進……」などの単語が無原則に飛び出してくる。他人が昔使ったものを拾い集めてキャンキャン吠えているアイツは、どうかすると可愛そうにも思えるが、それにしてもアイツ自身とはまず無縁な単語だと思うと、笑うしかないのだ。それこそ、「バック、バック」である。

僕はよく知ってるが、アイツは借金でもした気分で夕刻に「苦悩」しては、これで体面はつくろったというように、十日間は気楽に暮らせるような手合いなのだ。一晩稼いで十日暮らせるというなら、ああ、世の中のどこに貧乏人などいるもんか。

痴漢。アイツの図々しさについてはさっきも話したが、それはアイツの格好にも表れている。アイツの頭は一体何カ月床屋に行っていないのか、前髪の先を引っ張れば、格別長い鼻の頭に毛先がくっつく。風呂も何日おきに入っているのか――僕はアイツが何か自慢でもするように、俺、昨日風呂に入ったんだ、七カ月ぶり、と言いながらニヤニヤしているのを見たことがある――アイツのそばに行くとすえた臭いがする。服もボロボロだ。こうしたことは、もしアイツが少しでも努力すれば改善できるのではないか。それなのに、アイツが自分のそうした格好を意地でも変えないのは、彼の友だちが、「アイツは小説家だもの、あんな格好も当たり前だし、似合ってるよ」と、つまり消化不良だけど大丈夫、と言っているからだ。実際はアイツの本性が根っから汚く、風呂にも床屋にも行くのを死ぬほど嫌っているからなのに、友だちがそんなふうに勝手な言い訳をしてくれるので、ちょうどいいやというように、「そうさ、小説家ってのは、みんなこんなもんさ、えへへ」と笑って言いつくろい、そんな格好をつづけているのだ。

アイツはつまらないことでもよく笑う。楽しくて笑うのではなく、他人の機嫌をとろうとして笑うのだ。それなのに僕が、酔うために、と言ったら、違うよ、恋こがれるためにだろ、と突拍子もないことを言い返してくる奴だ。よく笑い、そして恋こがれるために生まれたと言っているアイツに初めて会った人は、とても善良な人に対する時の眼差しを向けるが、そんな人々が次の話を聞いたら、アイツを善良だと思った自分をどれほど恥ずかしく思うだろうか。

いつだったか、何の用だったかは忘れたが、アイツと一緒にある女子高に行ったことがある。職員室で用を済ませた後、その校舎の玄関から出ようとした時だった。玄関には生徒に送られてきた手紙を差しこむ郵便箱が設置されていたが、ちょうど授業中で玄関には誰もいなかった。すると、アイツはその郵便箱から一通の手紙を素早く抜き取り、ポケットに押し込んでしまったのだ。そういうことに長けていたからか、手紙を押し込む速さといい、その態度は止める隙を与えない一瞬のできごとで、そしてほとんど無意識的な行動と言えるほどだった。アイツの稚気については十分知っていたので、その時僕は良し悪しについては言わないことにしたが、アイツがポケットに押し込んだ手紙がしきりと気になった。だが、アイツは手紙なんかすっかり忘れてしまったように、いや手紙を盗んだこともなかったかのような顔で歩いていた。気になった僕がとうとう我慢できずに、その手紙、と言うと、本当に忘れていたのか、ああそうだった、とようやく手紙を引っ張り出した。そして、封筒の裏表を見ながら、ふん、下手くそな字だなあ、おまけに手紙の封筒に鉛筆書きだ、と言いながら舌打ちをする、まったくあきれた態度だ。

アイツは封筒をバリッと破いて中から手紙をとり出した。手紙だけではなかった。その手紙の中にはきちんと包まれた二百ウォンのお金——郵便法の規定の網を巧みにすり抜け、まさに受取人の手に無事渡ろうとしていた百ウォン札二枚が入っていた。手紙の内容は寡婦の母親が娘に送ったもので、大体こんな内容だったと記憶する。「納付金と下宿代は死力を尽くして準備しているが、なかなか難しい。もう少し待て。まずかき集めたお金を送るから、これでしばらく我慢して欲しい」

死力を尽くしてかき集めた金二百ウォン、その母の汚い字に教養のない文は、ほとんど泣き声に近いものに感じられた。間違いなく、娘は一日千秋の思いで故郷からの手紙を待っているだろう。もし、この手紙が娘の手に渡っていたら、娘は母の文章が醸し出すものから自分の身の上を思い知り、そして学校をやめてこの二百ウォンを旅費にして故郷に帰り、そして母と抱き合って泣き、そして……、意外な収穫だ、ただで得たものはすぐに使ってしまわなきゃ、そうしないとなくなってしまうんだ、と言ってアイツはその二枚の紙幣を僕に揺らして見せた。果たしてアイツは嫌だという僕を無理やり引っ張って飲み屋に連れていき、殺してしまいたいほど気分よさそうに酒を飲み干すのだった。そしてそれから、恋こがれるために、と言うのだが、一体何を恋こがれるというのだ。

故郷が恋しいというのか、僕としては生まれてこの方名前も聞いたことのない田舎からアイツは出てきて、ソウルをぐるぐる回りながら生きている手合いだ。そうしてみると、アイツのあの狂気じみた生活態度は無銭旅行をする人のそれ、あるいはソウルにやってきた田舎者が何もかも珍しくてどうしようもない、いや見境もなく体を揺すぶりたがる、あの田舎者の意識で満ち満ちていて、いたずらに深刻なふりをしてみてはくだらなく笑い、酒をおごってくれとねだり、愛がどうのこうのと言っているのは確かだ。故郷が恋しいというのか。しかし、故郷が恋しいようでもない。アイツの故郷には自分の母と姉が暮らしている、と話しているのを聞いたことがあるが、アイツは彼女たちに別に愛着を感じているようではない。僕はアイツに送られてきたアイツの母親の手紙を一度読んだことがある。僕の目には世の中であんなに情深くて善良な、そしてその手紙から受けた感じで想像してみたのだが、あのように美しい面差しの母親はまずいないだろうと思われた。聖母マリアの白い石像を見るたびに受ける感じとでも言おうか、要するにアイツにはできすぎた立派な母親なのだ。

「息子よ、遠いところにお前を送り出し、私の心は一時も安らぐことはない。神様にお祈りを捧げれば、私の息子がどんなに遠いところにいても身も心も安らかだというから、先週の日曜からは邑の聖堂に通うことにした。どこにいようと、何をしようと……」

僕が読んだアイツの母親の手紙の一節だ。

僕がその手紙を読んでいる間、アイツは、うちの村から聖堂がある邑までは三里もあるのに……往復六里、……気でも狂ったのか、とブツブツ言ってやたらに腹を立て、僕が手紙を返すや、ビリビリ破って投げ捨ててしまった。あんなに善良な母親に「気でも狂った」だなんて、到底口にすることもできない悪態をつく彼こそ、気でも狂った馬鹿、ろくでなし、田舎者、半人前、痴漢。

アイツの血気の一つは、時おり簡単に騙されてしまうほど純真な人に会うと、不似合いな深刻な話を持ち出して相手の歓心を買おうとする、あの品行の悪さである。僕がアイツのそんな悪い癖を知っていることに気づいたようで、そのために彼は僕をできるだけ避けようとし、またどんなにイエス様のように純真な人がアイツの前に座っていても、僕が一緒にいる場ではその人に良く見せようとあえて深刻な話を持ち出すことはなかった。だが、それも我慢できなくなったのか、数日前には窓越しに夕暮れの通りを見下ろせる喫茶店で、僕の目の前でアイツは首をすくめて深刻な口調で話を切り出したのだ。

――万一、神様がいらしたら……

この死にぞこない、場所もわきまえずに何で神様の話を持ち出すんだ。ああ、名作なら大部分が必ず神様を持ち出して何だかんだ言っているから、この野郎、真似しようってんだな。アイツの次の言葉を聞かないために、僕は両手で耳を塞いだ。だが、耳を完全に塞ぐことはできないようだ。結局、僕はアイツの話し声を――遠くから聞こえるようではあったが、しかたなくアイツの話し声を聞いてしまった。

――ワタシだって多少は人間的なところがあるとおっしゃるだろう。

しかしながら、このできそこない、偽物、大ぼら吹きの小説家よ、悲しげな声で率直に、かくつぶやくべし。深刻なふりでもせずには生きられないと。

葦が聞かせてくれた話

野原一面に夕闇が迫っていた。はるか彼方の野原の果てには海が飾りのように張りついて見えた。その海が夕暮れには少し高く見えた。野原を渡って海風が吹いてきたが、海風は何の物語も運んでこなかった。塩辛い臭いだけ、いわばその感覚だけを僕らに押しつけて過ぎ去るだけだった。僕らはみんなそれに満足していたが、それでむしろちょっと神経過敏になっていたのだろうか。説話がないので僕らは少し間が抜けていて、判断するのを嫌う人なら誰でもそうであるように、世の中を感じていたいだけだった。そして、彼らがいつも結局は敗北を感じてしまうように、僕らもそうだった。野原と海――美しい黄昏と説話を運んでこない海風の中で、人々は永遠の土台を準備することができない。だから、人々は都会に押し寄せた。そして、時には根を下ろすこともあったが、多くの人はみじめな姿で萎れていったということだった。この黄昏と海風を懐かしみながら、しかし故郷に戻れず、冷たく光る青いアスファルトの上に彼らの霊魂と肉体を横たえてしまったという残念な知らせだった。単なる自然現象に過ぎないあの黄昏と海風が、こうして僕にはどれほど深くて辛い意味をもたらしただろうか！　大勢の人に人間の意味を悟らせてくれると同時に、より深い敗北感を抱かせて無心に去ってしまう、それら。

その日の夕暮れ、僕は妹を村から少し離れた小さな川の土手に呼び出した。川はこの野原の真ん中を曲がりくねりながら流れていた。大概の川とは反対にこの川の水源は海だった。海が引き潮の時は、したがってこの川の水も引き、海が満ち潮の時はこの川も水かさが増すのだった。この川辺の生い茂った葦原の間に繋がれている小さな帆かけ舟は満ち潮を待って出て行き、あるいは戻ってくるしかなかった。この川が野原の農業用水になっているわけではないが、沿岸の魚捕りなどにはとても親切な水路になっていた。僕らが暮らしている村はこの川と、そしてこの野原に頼っていた。

満ち潮の時間なので川の水は海の方から急速に流れ込んでいた。葦原の間にはくちばしが長い水鳥が飛び交って餌を探していた。時おり魚が川面に跳ね上がり、周囲の静寂を際立たせていた。川の水は黄昏の中で金色だった。海風がひどく吹いてきて、僕の脇に黙って座っている妹の髪をなびかせていた。結局、この黄昏とこの海風が妹を沈黙させてしまったのだ。

妹は都会に行った。母と僕は妹を都会に送り出した。そして数日前、二年ぶりで突然ここに戻ってきた。妹が都会に行っていた二年間、僕らの目の前で地上を覆い包むこの自然現象に、どれほど妹の無事を祈ったことか。しかし、都会ではいつもとんでもないことが起きるようだった。何が妹を傷つけていったのか、何が妹を締め上げていったのか、何が妹を引き裂いていったのか、何が妹に沈黙を押しつけていったのか。僕と母の切なる願いにもかかわらず、妹は都会でのことを一言も話そうとはしなかった。僕らは妹が持ってきた小さな風呂敷包みを開けてみた。だが、何着かの古着と二、三種類の化粧道具を発見できただけだった。それだけでは妹を沈黙させた二年間の内容を推し量ることはできなかった。妹の沈黙は何かに対する抗いの意志表示だった。僕らに向けた抗いだったろうか、都会に向けた抗いだったろうか。しかしながら、僕らに向けた抗いなら、それは明らかに妹が間違っている。沈黙ではなく、大声で妹は僕らを叱責しなければならなかったのだ。結局、大声で叱責する方法が沈黙の叱責よりもっと野暮だと都会で学んできたというのか。

反対に、都会に向けた抗いなら――きっと間違いなくそのようだったが――それなら、妹のあの郷愁と孤独を発している眼光、人々が置き忘れてきたものに送る心の灯のようなあの眼光を、僕らは何でもって説明すべきだろうか。

妹が帰ってきて、妹が都会での記憶を忘れようと努めているような沈黙に沈むのを見て、僕らはおそらく妹が都会に埋めてきた孤独が、病原菌のように僕らにまで蚕食してくるのを感じるようになった。

この黄昏とこの海風。それらが僕らに理解を強要していた世界は、一体何だというのか。微笑を沈黙に変えてしまう、満足を不満足に変えてしまう、僕を他人に変えてしまう、要するに、僕らが満足していたものをその反対に置きかえてしまう世界だったのか。妹は少なくとも僕らが送り出した時には、訓練を受けるためにそこに行ったのではなく、完成するために行ったのだ。それなのに、沈黙の訓練だけ受けて帰ってきたとは。

昨夕《ゆうべ》、母は自分が僕らに気を使っているという合図の麺を茹でた夕飯の席で、優しく妹の肩をなでながら精一杯の穏やかな口調で、都会でどんな仕事をしていたのか、どんな苦労をしたのか、何が面白かったのか、男性とつきあったのか、それならどういう男性だったのか、話してくれと懇願した。察するに、それが妹の辛い記憶を呼び起こしたようだった。妹は母にしがみついて声を立てずに泣いた。石油ランプの揺らめく灯が二人の影を一層悲しく見せた。どうして私を産んだの、と妹は言った。母も声を立てずに泣いていた。妹は母の顔を見上げながら、また声を上げて泣いた。ごめんなさい、お母さん、と妹は言いたかったのだ。ある日、何でもないかのように恐ろしい事件が世界の人目につかない所で起き、その翌日には犠牲者が小さな切れ端に寄りかかり、自分たちの苦しさに泣きながら浮遊するのだ。

川の水が見る間に押し寄せてきて金色の空がだんだん灰色に変わっていくこの時刻、まだ神秘の力を見せている自然の中で、僕は妹に都会の記憶をすべて吐きださせるつもりだった。僕のためではなく、妹のためだった。二年という時間を洗い流し、この塩辛い臭いだけを運んでくる海風で洗ってやりたかった。森の中の獣たちが感覚だけで生きていけるように、そのように生きていけるようにしてあげたかった。人間とは何か、人間とは？　あの都会が侵犯してこない限り、僕らは故郷を守ることだけで十分満足しているのだ。永遠の土台を作るということ、意志の神話を学ぶということ、泣き方を学ぶということ、沈黙を学ぶということ、それだけが人間なのか。人間の虚栄ではないか、と僕は妹に言ってやりたかった。

世の中は広いのだ。不満を持とうとする人々を包容し、同時に満足しようとする人々を包容する。世の中が拒絶さえしなければ、僕らは満足しているということを――この小さくても静かな風景の中で満足しているという事実を誇ってもいいのだ。都会に行った人々が、ちっとやそっとではここに戻らず仕舞いになってしまう理由はどこにあるのだろうか。僕にはわからなかった。幸いにも妹は戻ってきた。だが、服に塵をつけてきたように、都会で受けた傷と傷の種を持って帰ってきた。無数の破片となった時空間、無数のかけらとなった言語としぐさが妹の記憶を成しているだろうとは理解できた。そして、その無数のもの、星のように孤立してきらめくその記憶が妹の胸に突き刺さって沈黙を延長させ、あるいはすべてを腐らせるのだ。何なのか、その破片は何なのか。それで僕は童話の中の人物のように言ったのだ――今度は僕が行ってみるよ。

僕が愛し、満足していた黄昏と海風に固く誓ったようだった。

妹の結婚

ずいぶん前に故郷から便りがきた。妹が結婚したのだ。海風の中で肌を焼いて育った若者と。もしもその時、妹が僕のそばにいたなら、妹が理解できるかどうかにかかわらず、こういう話をしたかった。だが、人々にそれぞれの夜があるように、それぞれの話があるのだ。都会にいても同じことだ。愛すると同時に裏切り、すると相手も愛すると同時に裏切る、要するに、審判することはできないのだ。「最後の審判の日」を想像してみるが、どれほど難解な循環だろうか。黄昏と海風の中で暮らす人々も、そして「こんにちは」の中で暮らす人々も、誰もが孤独だった。

もう一つの知らせ。妹が子供を産んだ、人一人を誕生させたと。

日誌抄

絶望とは、単に感情上の問題ではない。あらゆる論理が崩されて知性が力を失い、最悪の感情、例えば憎悪すら消えてしまう、あのやたらにひりひりするだけの感触の時間。都会を離れるにしてもすでに行き場はなく、死をもってしても解決しそうには見えず、大きな炎に包まれたかのように、居ても立ってもいられない男よ、遊戯でも記録せよ。

遠く深い山中に王陵を見に行く途中、道端に咲いていた一輪の小さななでしこを見つけ、その花のそばで一日遊んで帰ってくる。曇った日。かなりの風の日だったと記憶する。

便所に行って泣いた。ついに僕も便秘になったのだと。

永遠と瞬間の同時的具現――人間、うっふん。だから、模糊ならん。

「韓国の詩には韻がないので味わいがない」、ある友だちの言葉。

「そうだとも、フランスの詩のあの韻の味わいと言ったら……へへへ」

私よ、私、言葉尻を濁す「へへへ」はどこから出てくるんだ？　実力がないという証拠。つまらない意見は控えろ。やたらしゃべった後に「へへへ」が出て、すると自分の知識のなさに悲しくなる、と同時に劣等感を感じ、それで賢い意見をもった人を憎むようになり……結果はさらに悪くなる。

「あのう、盧さん、ダスラニスキーというロシアの小説家をご存じですか」と、僕が尋ねる。

「あの『罪と罰』の作家のことですか」と、友は答える。

「違います、それはドストエフスキーです」

「知りませんね」と、友人は慌てる。最初からそう言えばいいのに。簡単なことだ。いつも質問する側に立つと、相手は慌てふためいて少しは劣等感を感じ、僕はそれを見て少しは胸を反らす。ダスラニスキーなんて名前は僕が今でっち上げたもの、したがってそんな小説家なんかいないのだ。

「運命と偶然を考えてみる。そして、二つとも否定してみる」

証明：鏡の前に立て。そこに映ったお前の顔を見よ。笑っているか。いや、その反対だ。それでは、お前の先祖から始まって繰り返されるあの偉大な実験を考えてみよ――だが、それも明らかな不確実。

偉大な思想と偉大な破壊とはどうしようもない関係のようだ。何かを発掘していく予知は神の国を壊している。あの天にあった国のあらゆる建造物が地上に引き下ろされて組み立てられ、そして最後に神の玉座まで地上に置かれた時、その椅子の上には「僕」が座るのだろうか。「他人」が座るのだろうか。

「なんや！」という流行語。なかったらいい。

女は愛する男にしきりと何かを与えたがる。赤い表紙の手帳、マフラー、石鹸、写真。そのように過去を押しつけて女は去るのだ。男はそういう品物に囲まれて「愛する人」と呼んでみる。女は僕に自殺を要求しているのではないか、とも考えてみる。ヒッヒッ、十八世紀だなあ。あるいは流行歌。僕には批評能力がない。この世に生まれてたった一回批評してみた。彼女が僕に別れようと言った時。

僕の批評――正しい意見だ。いや、違う。正しい意見だ。いや、違う。

■「二人を尊敬せん」というタイトルの夢の話

問「先生、失った一人の女を忘れるのに、どれほど時間がかかりましたか」

答「十年過ぎた今でもまだ……」

（先生はアホですね）

問「先生は？」

答「一年。そして、ときどき思い出す程度」

（先生もアホ）

問「先生、あなたは？」

答「三カ月したら、女の顔すらおぼろげになった」

（先生もアホ）

問「先生、あなたは？」

答「一週間。要するに、酔いが冷めてみると忘れていたよ」

（先生もアホ）

問「先生、あなたは？」

答「女が別れようと口にした途端」

（先生もアホ）

問「先生、あなたは？」
答「そうだな、私は女をずいぶんなぶったりはしたけれど、それでも、愛のようなものは……そうだな、与えたことがないからな」
（あっ！　先生、先生、あなたを尊敬します）

この問答のそばで座っていた、今にも死にそうなある白髪の老人が僕を呼ぶと、

「おい、若いの、わしは生涯、若いころに失った一人の女のことばかり考えて生きてきたが、じゃあ、わしもアホだというのか」

（あっ！）


俺は気絶してしまった。

まだそんな方がいらっしゃったなんて。

あまりにも、あまりにもうれしくて。

正
反
では、再び
正——僕の感情の弁証法。

バラのそばでおならをする。どちらのにおいが強かったのか。

友よ、お前たちの理性を誇示して僕をあざけることなかれ。友だちは教科書の教える通りに一度ぐらいは僕に忠告し、そして僕がどぎまぎしている隙に、ふてくされた女の子のようにパッと背を向け、肩を並べてそそくさと離れてしまう。

お前の意見と僕の意見があるだけ――僕らが合意した共通の意見。

哀れな友人を見るのは、自分自身を見るよりもっとつらい。僕にお昼をおごってくれた友人へのお返しに猥談を一つしてやったら、僕に気に入られようとする、あの純真この上ない友人、僕だってそれぐらいは普通だ、という態度で奇想天外な猥談を額にしわを寄せながら話すその姿。無理に追従笑いをしてやったが、やるせなくて、やるせなくて僕は死んでしまいたかった。

顔色を売って菊の花を買う老人を見た。あのように年をとりたいが。

「君たちのような乙女より、擦り切れた娼婦の方がもっと好きです」と言って、一人の乙女を泣かせて帰した。

どうして僕は嘘をついたのか。娼家なんて覗いてみたこともない奴が。

警戒しながら愛するフリ、そねみ嫌いながらも親しいフリ、喜び悲しんであげるフリ。俺は心が広いです、と表示するために笑おうとするあの唇の、歪んでいくあの線よ。モナリザのような先生、ご長寿をお祈りいたします。

「これをしなければ、お前は飢え死にだ、わかったな」

「はい」

「これをしなければ、お前は同志を裏切るのだ、わかったな」

「はい」

「他人がそれをする時、それを見物しているお前がどうってことないって態度で彼らを見物するように、今度はお前がやるからといって、通りを行くお前を、特別にお前だけをながめて笑ったりする人はいない、わかったな」

「はい」

デモに一度参加するのに、自分に何度も念を押さねばならなかったのか。実は、デモクラシーは放り出されるべきお坊ちゃまだったのだ。

千回だけ墨をすってみたい。そうすれば、僕の胸にも真実だけが結晶して残るだろうか——あるカタルシス信奉者の独白。

ある日、故郷の母に送りたいという思いにかられた手紙の一節——「実は医者になりたかったが、病人になってしまった、と力なく言って病気で死にそうな友に今日会ってきました」

妹に書きたかった手紙の一節——「都会に行って沈黙を学んできたお前は、都会で条理に合わない感情のテクニックだけを学んだ僕より、どんなに立派だったか」

星も見えない夜、故郷の田んぼが恋しくて中浪橋のそばの田んぼに行く。蛙たちがクタバッチマエ、クタバッチマエ、クタバッチマエと僕に叫ぶ。

再び祝電

「イ」兄

符号というものをつくりし者に安らぎあれ。支離滅裂な私の感情を、感情のニュアンスという点においてはまるで縁もゆかりもない意思伝達手段でもって表示できる、この不思議さよ。とはいえ、故郷の妹は花模様の封筒に入った電文——「祝御出産」を読むんじゃないかって？　それでもいい、僕の善良な妹が、もし「僕らのこのあらゆる苦しみの中から産まれたお前は、僕らがそれを体験したという理由で救われる未来人ではないのか」という僕の祈りをそのまま読んでくれさえしたら、妹も僕の祝電を受け取ってそれほど慌てたり、恥ずかしがったりはしないだろう。どうか、今の私のこのもつれあった感情の中でも基盤を成している、この一つの祈りが実現したなら、そうなりさえしたら、どんなにいいだろうか。

（一九六三年）

【訳注】＊「イ」：出産祝いの電報の略号

彼と私

初めて彼に会ったのは、ソウル行きの汽車の中だった。

列車は二月の冷たい暗闇の中を疾走していた。車内は超満員で二人用のイスに三人掛けし、通路もすし詰め状態で車内販売もできないほどだった。私は席に座っていた。運が良かったからではなく、それなりの努力の成果だった。

全国の高校卒業生のほとんどがソウルに押し寄せるこの時期に、指定席がなくて比較的運賃の安い急行の夜行列車の席をとることが容易でないのはわかっていた。そこで、私は故郷の駅から乗車せずに、バスで一時間半もかかる、その汽車の始発駅までわざわざ出かけて乗ったのだ。その始発駅でも、改札口から停車中の汽車まで全力疾走した末にようやく席を確保した。ソウルまで九時間も立っていくなんて話にならない。かなり努力して勝ちとった席だったから、たとえば老人とか、子どもをおぶった若妻など、席を譲らざるをえない人が私の近くにこないかと恐れた。それで、始発駅から眠った振りをして目をつぶっていたが、実際うつらうつらしていた。

汽車が駅に着くたび、スピーカーの音と照明で目が覚めたかのように目を開け、駅名を確認してからまた目を閉じた。私のすぐ隣で通路に立っている人とは、できるだけ視線を合わせないようにしなければならなかった。視線が合ってしまうと、彼らはしめたと思い、素早くこう言うかもしれない。

学生さん、ちょっと席を代わってくれないかな。

その時、私はまだ高校時代の黒い制服を着ていた。何日か前に卒業式を終えたばかりだったので、高三であることを示すT字のバッヂははずしたが、母校のバッヂと名札は襟と左胸につけたままだった。髪がかなり伸びた頭には高校の学生帽も被っていた。母校への感傷的な思い以上の何かが私を導いていた。

卒業式の後、志望大学から合格通知がきたからといって、すぐに制服を脱ぎ捨ててジャンパーや背広を引っかけ、学生帽も被らずに、いつの間に覚えたのか、タバコを吸っている同窓生ほど私を面食らわせるものはなかった。彼らを陰険な裏切り者と見ようとしている私自身を、何とか次のようになだめるしかなかった。劣等生として過ごさざるをえなかった高校時代の制服を、彼らは囚人服のように感じるからだろう。また、将来彼らが通わねばならない三流大学の制服も、やはり彼らにとっては名誉と思えるはずがない。彼らは匿名の服を着ないと、恥ずかしくてしかたがないのだろう。

私はどうか？ 私としては、来月から通うことになったソウル大学の制服を着ないなんて想像もできなかった。もしかしたらその制服自体、ここ数年鼻血を流して受験勉強してきた唯一の目的だったのかもしれない。まさか運悪く、今年から大学で制服着用の制度がなくなるのではないかと戦々恐々としているほどで、さらに金色のファスナーが縦に二本ついたその紺色の上着の胸に、どうして名札をつけさせてくれないのか、ひどく残念に思うほどだった。

でも、私はその大学の制服を入学式の朝に着るつもりだ。入学式の前日までは母校の制服を着ているつもりだった。そうして私が愛し、私を愛してくれた高校時代は、大学の入学式前夜に終わりを告げるのだ。高校の制服と大学の制服の間に、わずか一日のブランクもあってはならない。ただの一日でも、学生か、公務員か、商人か、ならず者かわからない、匿名の私服を着た姿を決して自分に許さないつもりだった。人生の一段階がいかに条理に適って終わり、またいかに整然と始まろうとしているか。

もっとも、この二十年間よくも我慢して暮らしてきた、しがない地方都市からの解放感で、私もひどくウキウキしていた。「車内とソウルにいるスリ」に備え、母がミシンでパンツの裾に縫いつけてくれた、太腿に気持の悪い感触を与えている札束を、ズボンの上からそっと撫でて確認するたびに、その解放感が私の奥歯をくすぐった。もちろん、そのカネは大学の入学金、授業料、制服代、本代、下宿代、床屋代、交通費の類として、母が鉛筆の芯に何度も唾をつけて数えた、一厘の余裕もないものだった。ともあれ、そのカネは私のためだけに使える、私の手で数えて支払う、私のカネだった。

その時まで一度も触ったことのない多額の現金を、母の干渉なしに全額を管理できるという事実は私の解放感を高め、私が成人になったことを確認させてくれるものだった。

とはいえ、この解放感が人生の一段階を条理に適って終えたことへの報いとして得た次の段階で、ボーナスとして付随するもの以上ではないことを私はよく知っている。ボーナスはあくまでもボーナス、虚像はあくまでも虚像。私はこの解放感が私の予定とは何の関連もないことをよく知っている。むしろ、この解放感は招かれざる客。私の定められた未来を、とんでもない笑い種にしてしまう落とし穴を片隅に隠しているのかもしれない。

そうだ、恐れなければならない。どんなに恐れ、どんなに緊張し、どんなに緻密に観察しても決してオーバーということはなかった。そして、その恐れ、その緊張、その慎重さは、私には決して疎遠なものではなかった。むしろ習慣のようになじんでいた。それは、私が大学入試の受験生となるずっと以前、この社会が私たちの人生のために条理に適った様々な段階を準備していると信じて疑わなかった国民学校高学年の時、啓示のように、私の周りで起きたある笑い種《わらいぐさ》に由来する。

その頃も私の故郷では、召集令状がきて入隊する若者に各町内でかなり盛大な歓送式を催していた。日帝時代からの風習なのか、または入隊というとすぐに戦死や負傷を意味していた朝鮮戦争時に生じた風習なのかはわからないが、太極旗が描かれた手ぬぐいを巻いた入営待ちの若者は、出発の何日か前から群れをなして歩き回り、様々な狼藉を働いていた。度が過ぎていても警察は見ぬ振りをし、住民も入営する若者の特権を認めていた。私の家の隣に、まさにそんな若者がいた。彼の特権行使はとくにひどかった。

入営日は大分先だったにもかかわらず、頭に手ぬぐいを巻いて酒に酔った彼は、赤ら顔で酒をくれ、飯を出せ、と方々の家を訪ね回った。彼の入営歓送式は役場前の広場で盛大に行われた。町長の歓送の辞があり、住民が集めたご祝儀が渡されると、彼は答辞を述べ、私たちは万歳三唱をした。式が終わり、彼は若者の集結地である駅前の広場に行く準備をしようと、それまで履いていたかなりきれいな靴を脱いで古いバスケット・シューズに履き替えようとした。

ところがその時、彼は地面から突き出ていた錆びた釘に足の裏を深く刺してしまったのだ。かなり大量の血が流れた。町長が素早く傷にタバコの粉を塗って包帯で縛ってやった。彼は痛いのを我慢して、私たちに作り笑いをして立ち去った。だが翌朝、彼は入営地の論山《ノンサン》にはおらず、自宅の奥の間に横たわっていた。足が膨れ上がっていた。数日後、彼は兵役忌避者として逮捕され、その何日後かに破傷風で死んでしまった。

彼が入営を忌避するためにわざと負傷したわけではないのは、私たちが証言できた。あの突然の錆びた釘さえなかったら、彼は無事に入営できただろうし、性格上彼はとても軍人らしい軍人になったであろう。

ああ、あの取るにたらない一本の錆びた釘！　不可視の小さな偶然こそ、私が一番恐れてきたものだ。試験勉強の時も、私が見落としたたった一つの単語が私を不合格にするかもしれないと思って私は戦慄した。人生というものは、いかに注意深くあるべきか！　どんなに注意深く歩みを進めても、決して過ぎるということはないのだ！　あの入営前に笑い種になってしまった若者の人生は、成長過程の私にはいかなる座右銘、いかなる説教よりも恐ろしい教訓だった。

私の人生がささいな怠慢と不注意のために笑い種になってしまうかも知れないと想像するだけでも、私は気が狂いそうだった。だから、私が何かを評価し、選択せざるをえない場に直面すると、それが私にとって一本の錆びた釘になるのではないかと確かめる癖がついた。恐れや緊張は私にはいつもの習慣であり、その習慣が私に損害をもたらしたことは一度もなかった。だから車内で、私の奥歯をくすぐっている解放感もやはり警戒しなければならなかった。

まさにその時、アイツの声が私の耳に飛び込んできた。「俺はな、今まで人の良心が体のとこにくっついてるのか知らなかった。他人《ひと》がよく肝がないとか、胆のうがないとかいうから、良心は肝や胆のうにくっついているもんとばかり思ってたんだが。でも、やっとわかった。良心ってものは、閉じた瞼にぶら下がっているんだ。ほら、アイツ。アイツの瞼が震えているのを見てみろよ。席は譲りたくないけど、すまない気持ちはあるんだな」。

すぐに、彼の仲間のゲラゲラ笑いが騒々しく響いてきた。

私は目を開けて声の主を振り返った。どこの駅から乗ってきたのか、思い出せなかった。彼はニコニコ笑いながら、私をじっと見下ろしていた。コートの襟にソウル大学のバッヂが付いていた。短い髪の毛が、彼もまた今年の新入生であることを示していた。私は彼を黙殺するしかなかった。当てこすりこそ、遅く乗ってきた者が先に乗った者を追い出す時によく使う手だと、私は考えた。アイツの声がまた聞こえてきた。「もっとも、悪いのは鉄道庁だ。座席指定の特急とこの汽車の差額は七百ウォンだ。俺がざっと計算してみても、こんなに詰めこんだら特急列車の収入をずっと上回っている。これは暴利だ」。

私は内心呟いた。俺は消化不良だ。だから、どうしたって言うんだ。彼にこれ以上関心を持たないことにして、私は目をつぶった。

しかし、「閉じた瞼にぶら下がっている良心」という言葉が、悪性の病原菌のように私の体内にしつこく侵入してくることに、私は当惑せざるを得なかった。

まるで生臭い水ゴケの臭いが漂ってきたら川が近くにあるのがわかるように、私はそういう表現自体から、大都会の洗練された文化と大人世界の倫理が私に近づいてきたのを感じ、何だか息苦しくなった。貧しい地方都市では、そして幼少期には、隣の人を省みないがむしゃらな競争と、競争に負けた者の屈従が気軽に共存していた。その共存に不平を言ったり、揶揄したりするのは、貧しい地方都市の文化と幼少期の倫理を破壊するものだった。先に乗ろうと努力した者が席を取って座るのは当然なのだ。アイツの皮肉は、私が生きてきた空間と時間のすべてを侮辱するものだった。しかし、その侮辱にどう対処すべきか、私にはわからなかった。夜明けにソウル駅に到着し、ホームの外に出るために並んでいる時も、折悪しく、すぐ後ろに立っていたアイツが私の怒りを煽った。「楽な暮らしは最も不都合なものです。ご縁があったら、また会いましょう」。私はソウルの冷たい夜明けの風景を見ているふりをしたが、にこにこしながらじっと見つめているアイツを背中に強く感じていた。彼に向けて私は呟いた。口先だけの奴、お前のような奴に、どうして錆びた釘がわかるもんか！

アイツとはまた会う縁があった。

私たちが二度目に会ったのは、あの歴史的なデモの人波の中だった。

デモというのは、私にとって全く予定外の学費と下宿代の浪費に過ぎなかった。学校に行ってみると、学生たちが急に鞄を持って校門の方に押し寄せていく。学生が押し寄せてくるので、私も逃げられなかっただけだ。これこそ、錆びた釘だ、これに足を刺されて私は予定していた道を歩めないかもしれないと気づいた時にはもう遅かった。

スクラムを組んだ学生の隊列の中から、私は抜け出すことができなかった。彼らに押し流されてだんだんと遠ざかる学校の建物を、私は振り返ってみた。どうして私たちを捕まえないのか。何で私たちを呼びもどしてくれないのか。バスに間違えて乗り、目的地と反対方向に遠ざかっていく者の無念さで、私は全身汗まみれになった。デモ隊が叫ぶスローガン、振り回すピケットに書かれたスローガン自体に反対するわけではなかった。だが、そんなスローガンなんか、何だと言うんだ。

そのスローガンの要求がそのまま貫徹された場合、最も利益を得る者たちが何も言わずにいるのに、どうして関係のない私たちが出しゃばって大騒ぎするんだ。私は本当に時間がもったいないし、お金ももったいない。下宿の壁に小さく書いて張った私の一日の時間割と今学期の勉強目標は、決して格好づけのために張ったものではない。母が送ってくれるお金も、余っているから送ってくれるのではない。学科でピクニックに行った時も、私は浪費にイライラして胸が焼けるほど辛かった。これはピクニックよりひどいではないか。わが人生で重要なこの段階をめちゃめちゃにするのはやめろ。この段階を秩序正しく終えられない場合、次の段階で私を待ちうけている冷遇に対して、私はどこに向かって訴えることができようか。誰が私の未来を保障してくれるのか。誰もいない。この競争社会が準備した試験制度以外には、私を保障してくれるものは何もない。そう思っている自分を私は決して卑怯者とは思わない。卑怯なのは、私の貴重な時間と金を私に一言の相談もなく勝手に動員して浪費しているデモの扇動者であり、彼らを傍観している学校だった。実際、列から飛び出せずに優柔不断に押し流されている理由は、学校に戻ったとしても、教授たちが私一人を相手に講義してくれるとは思えなかったからである。

それに、卑怯なのは社会人だ。不正選挙で票が盗まれたと大騒ぎだが、盗まれた票は学生の票が多かったのか、社会人の票が多かったのか。叫ばねばならないのは、いま道端でデモ隊を見物しながら拍手している、あの社会人だ。我々学生は、それこそ彼らが叫びを挙げる時に、そばで拍手でもしてやれば十分ではないかと言いたい。直接の当事者がなぜ沈黙しているのか、愚かな学友よ、なぜそんなことがわからないんだ。ならば、私が教えてやろう。予定された人生の段階を踏み外さずに上っていくには、こんなデモは何の関係もないからだ。人生はそれほど注意深くなければならない。こんなデモなんか、どんなに好意的に見ても、貧乏人が骨董品を買うのと同じ程度の道楽にすぎないのだ。

その時、隊列の前方で一人の学生が他の学生の肩車に乗ってすっくと立ち、後続の私たちに向かって叫んだ。汽車の中で会った、まさにアイツだった。「皆さん、新しいシュプレヒコールを伝えます。力一杯、叫びましょう。『我々に教えた通り、その通りに実行せよ』。」学生は得意になって復唱した。我々に教えた通り、その通りに実行せよ。そのシュプレヒコールは際限なく繰り返され、繰り返されればされるほど、一層熱気を帯び、鍾路のビルの壁に砲声のようにこだました。そのシュプレヒコールのために、私はもう少しで落とし穴に落ちるところだった。我々に教えた通り、その通りに実行せよ。このシュプレヒコールを叫べるのは社会人ではなく、私たち学生以外にはなかった。同時に、そのデモもまた講義室の延長になったのだ。アスファルトの講義室とでも言おうか。自分としては初めて感じる、ある感激に涙ぐんだ。いつしか、私もやはり拳骨で虚空を殴りつけながら、そのシュプレヒコールを叫んでいた。だが、何と幸いだったことか、私の一時的な錯覚を正してくれる警察の銃声が響きわたり、先頭の学生が倒れた、という知らせが口から口へと伝わった。

頭上を飛びかう銃声で、我々の隊列も水銀の雫のように飛び散った。中途半端についていった私でも、まさか警察が実弾射撃をしてくるとは予想できなかった。これこそ、錆びた釘どころではない。見よ、友よ、人生に甘えのような道楽が入り込む余地はないのだ。私は脇に抱えていた鞄をどこで落としたのかも思い出せなかった。空手でいることに気づいたのは、下宿の前の路地に息を切らして駆け込んだ時だった。

アイツにまた会ったのは、あのデモから十日ほど後、デモが目的以上の成果を上げ、その間閉鎖されていた大学の校門が開いた日、校内の芝生の上だった。

あの歴史的事件を取材するために飛んできたという、米国のある放送局のスタッフがビデオカメラを構え、「歴史を創造した学生」にインタビューしていた。

周りを取り巻く学生の群れに、私はゆっくりと近づいて肩越しに覗いてみると、米国人の放送記者とたどたどしい英語で話をしているのは、汽車で会ったアイツだった。アイツがあの歴史的事件の主導者や代表者ではないのは明らかだが、ただ「偉大な学生」の中から任意に選んでインタビューしたなら、私は何となくアイツほどの適格者はいないだろうと思った。

私としては、あのデモによる事態が予想より早く結着して学校の門が開いたことだけが嬉しかった。もちろん、あのデモが成功した方が失敗する方よりマシとはいえ、それは何であろうと始まったことは成功する方がいいという意味であり、たとえ失敗しても別に残念ではなかった。スポーツ競技で自分の方が勝ったからといって、私が人生のためにすべきことをしなくてもいいというものではない。むしろ警察の銃に撃たれて死んだ人々のお陰で、あの錆びた釘の教訓は真理であることが確認できただけなのだ。私が生まれて二十年、信じて頼りにしてきた社会が、私の人生のために準備してくれた段階――その体制を損ねない限り、私にはそんな事件は成功してもいいし、失敗してもそれまでだ。

いや、一番いいのはそんな事件が初めから起こらないことだ。なぜなら、今も私の胸に焼きついた、生まれて初めて見物した、あの日のあの巨大な群衆に、私は今も圧倒されて萎縮しているからだった。外見だけとはいえ、私もあの群衆の一人だったから良かったし、また下宿家の家主のような人が、私のその見かけを尊重してくれるから良かったが、もしあの群衆が私の敵なら、どうなっただろう！　実際、下宿屋のおじさんが私をあの事件の代表者でもあるような扱いをするたびに、額から冷や汗がだらだらと流れた。あのデモが失敗せずに成功したので、少なくてもそんなことは贅沢な道楽以上のものではないと、口に出せなくなったのが憂鬱だった。一方、特に気乗りしない人まで引きずりこんで集団的意志なるものを生み出してしまう群衆という存在を初めて自分の目で見た、その経験に私は面食らっていたのだ。

要するに、あのデモと私との関係はその程度だと、私は考えていた。

だがその時、米国人にインタビューされているアイツが発した言葉が、私の耳を殴りつけた。「アイ　ビリーブ　ウィ　マスト　インベント　アワ　フューチャー　アンド　ウィ　キャン　ドゥ　イット」。彼の発音のまま、アルファベットで宙に書いてみた。I believe we must invent our future and we can do it.

インベント、発明する。インベンション、発明。インベント　アワ　フューチャー、我々の未来を発明する。アイ　ビリーブ　ウィ　マスト　インベント　アワ　フューチャー　アンド　ウィ　キャン　ドゥ　イット。私は信じています。我々は我々の未来を発明しなければならないということを。そして、信じています、我々はそれができるのだと。私は急に息苦しくなってくるのを感じた。汽車の中でもアイツは、あのペダンチックな表現で私の呼吸を苦しくさせた。

「閉じた瞼にぶら下がった良心」。あの言葉は病原菌のように、私の頭の中に侵入して私を傷つけ、うずかせた。ソウル駅では「楽な暮らしが最も不都合なものです」、デモの隊列では「我々に教えた通り、その通りに実行せよ」、さらに今日は「自分の明日を発明しなければ」ならないという。

発明しなければならないという。待ってくれてはいないという。待ってくれてはいないという。発明しなければならないという。ところで、どうしてこのように私は、あんな言葉遊びに過ぎないペダンチックな表現に幻惑されようとしているのか。そう、私にはわかっている。あのデモの成功、あの野郎の「歴史的事件」の上に、あの悪戯のような言葉が鎮座しているために、これほどまでに私を圧倒するのだ。

我々の明日を発明する？ 言葉は素敵だが、あの事件の経験がなかったら、私はこんなに当惑していないだろう。今や私にはあのデモと私との関係が明らかになった。それは成功してもいいし、失敗してもそれまでのこと、私と何の関係もない道楽ではなく、必ず失敗しなければならない、私が二十年間信じて頼りにしてきたものを根こそぎ破壊してしまおうという、失敗しなければならない、必ず失敗しなければならない、私の敵だった。そして、自分勝手に私の領域の明日までも発明しようと豪語するアイツもやはり、私の敵であるのは明らかだった。あるいは、彼にとって私が敵であるのは明らかだった。

（一九七二年）

ソウル1964年冬

一九六四年の冬をソウルで過ごした人なら誰でも知っているだろう、夜になると街に現れる屋台——おでんと焼鳥と三種類の酒を置いている立ち飲みの店。凍てついた街を吹きすさぶ冷たい風がバタバタさせる屋台の覆いをめくって中に入れば、カーバイドの細長い炎が風に揺らめき、黒く染めた軍用ジャケットを着こんだ中年男が酒を注いで肴を焼く、そんな屋台で、その晩、俺たち三人は偶然出会った。俺たちとは、俺と、度の強い眼鏡をかけた安《アン》という大学院生と、正体不明の、要するに、一目で貧乏人ということだけはわかるが、その正体を知りたいという気をまるで起こさせない三〇代半ばの男の三人である。

先に言葉を交わしたのは、俺と院生だった。ありきたりの自己紹介が終わって俺は、相手が安という二十五歳の大韓民国の青年で、大学なぞ拝んだこともない俺には想像もつかない専攻の大学院生で、金持ちの長男だということがわかった。安の方はおそらく、俺が田舎出の二十五歳で、高校卒業後に陸軍士官学校を志願したが落ちて徴兵され、一度淋病にかかったことがあり、今は区役所の兵事係で働いていることを知っただろう。

自己紹介の後は二人とも話すことがなかった。しばらく黙って酒ばかり飲んでいたが、俺は真っ黒になった焼鳥をつまんだ拍子に話を思いついたので、内心焼鳥に感謝してしゃべり出した。

「安さん、蝿は好きですか」

「いやあ、今のところは……」と、彼が言った。「金さんは蝿が好きなんですか」

「ええ」と、俺は答えた。

「飛べますからね。いや、違う。飛べて、それに私の手で捕まえることができるものだからです。飛んでるものを、何か手で捕まえたことがありますか」

「えーっと、待てよ」と、彼は眼鏡越しに俺をぼんやり眺めて、しばらく思いあぐねている様子だった。

「ないですね、蝿のほかには……」

日中は妙に暖かかったので道は氷が解けて泥水があふれていたが、夜になってまた気温が下がり、ぬかるみは俺たちの足もとで再び凍りはじめていた。俺の黒い牛革の靴では凍った地面から立ち上ってくる冷気を十分に防ぐことはできなかった。実際、こうした屋台というのは、帰路に軽く一杯ひっかけたい人が入ってくるところであって、飲みながら隣の人と何か話をするような場ではない。ふとそんな思いがよぎったが、その時そのメガネが殊勝にも俺に質問してきたので、俺は内心、「こいつ、なかなかやるじゃないか」と思い、寒さで凍えそうな俺の足の裏に、もうちょっとだけ辛抱してくれ、と頼んだ。

「金さん、くねくねするものは好きですか」と、彼が俺に尋ねてきた。

「そりゃ、好きですよ」

俺は急に意気揚々となって答えた。思い出というのは、それがうれしいものでも悲しいものでも、それを思い浮かべる人を勢いづかせる。悲しい思い出は静かに勢いづかせ、うれしい思い出はにぎやかに勢いづかせるものだ。

「士官学校の試験に落ちてしばらくの間、私は同じように大学受験に失敗した友だちと弥阿里《ミアリ》で下宿していたんです。ソウルはその時が初めてでした。将校になる夢が破れて、私はすっかり落ちこんでいました。何だか永久に落ちこんでしまったかのようでした。ご存じでしょうが、夢が大きければ大きいほど、失敗した時の絶望感もすさまじいですからね。その頃、面白いと思えていたのが、朝の満員バスでした。一緒にいた友だちと私は、下宿の朝ごはんを早々にすませて、弥阿里峠の上のバス停に走っていく。犬みたいに息をハァハァ弾ませていくんです。田舎からソウルに出てきたばかりの青年にとって、一番羨ましくて目新しいものは何か、わかりますか。羨ましいのは、何と言っても、夜になるとビルの窓に灯る明かり、いや、その明かりの中であちこち動いている人々です。それと目新しく思うのは、バスの中で自分のすぐ脇に、一センチのすき間もないところにきれいな女の子が立っているという事実です。時には、女の子と腕の肉を押しつけあい、太ももを擦りあわせたまま立っていることもあって、そのために一日中市内のバスをあちこち乗り換えながら過ごしたこともありました。もちろん、そんな日の晩はすっかり疲れ果てて、吐いちゃいましたけど……」

「ちょっと待って、それ、何の話でしょう?」

「くねくねするものが好きだっていう話です。まあ、聞いてください。その友だちと私はラッシュアワーの満員バスの中に強引に人を掻き分けて乗り込みます。それから、座っている若い女の子の前に立ちます。私は片手でつり革につかまり、走ったせいで少しガンガンする頭をもう片方の手で支えます。そして、目の前に座っている女の子の下腹部にゆっくりと視線を移します。すると、初めのうちは目につかないけど、少し経って私の目の濁りがなくなるにつれて、その子の下腹が静かに上下しているのが見えてきます……」

「上下するっていうのは……つまり、呼吸のせいでしょう」

「もちろんです。死体の下腹はピクリともしませんからね。ともかく、私は……朝の満員バスで若い女の下腹が静かに動くのを見ていると、どうしてあんなに心が安らぎ、清らかになるのか、わかりません。私は、あの動きがものすごく好きなんです」

「ずいぶん淫らな話ですね」

彼は奇妙な声でそう言った。俺は腹が立った。その話は、俺がもしラジオのクイズ番組のようなものに出て、「世の中で一番新鮮なものは?」と聞かれたら、他の人はレタスとか、五月の暁とか、天使の額とか答えるだろうが、自分なら若い女のその動きが一番新鮮だと答えるつもりで覚えておいたものだった。

「いや、淫らな話じゃありませんよ」と、俺は強硬な態度で言った。

「本当のことなんですから」

「淫らじゃないということと本当だということと、どういう関係があるんです?」

「わかりません。関係なんて言われても。要するに……」

「要するに、その動きは上下するものであって、くねくねするものじゃないですよね。金さんはまだ、くねくねするものが好きじゃないようですね」

俺たちは再び黙りこみ、杯ばかりいじっていた。この野郎、そりゃあ、たしかにくねくねするものじゃないって言われれば、まっ、いいか、と俺は考えはじめた。だが、しばらくすると、彼が言った。

「考えてみたら、私も、金さんの言う、その上下するものも、やはりくねくねするものの一種であるという結論に達しました」

「でしょ」、俺は楽しくなった。

「それは間違いなく、くねくねするものです。私は女の下腹が一番好きなんです。安さんは、どんなくねくねするものが好きですか？」

「どんなくねくねするものでもありません。ただ、くねくねするものですよ。そう、ただそれだけ。例えばね、……デモとか」

「デモ？　デモが？　ふーん、デモね……」

「ソウルはあらゆる欲望の集結地です。わかりますか？」

「わかりません」

俺はできるだけ清らかな声で答えた。

ここでまた、会話は途切れた。今度の沈黙は長かった。俺は杯を口にはこんだ。俺が杯をあけると、彼も杯を口にあてて目を閉じ、飲み干しているのが見えた。そろそろみこしを上げる時がきたようだと、俺はちょっとやるせない気分になった。結局は、そういうもんだ。再確認したに過ぎないと思いながら、「じゃあ、また今度……」と言おうか、「楽しかったです」と言おうかと考えていると、杯をあけた安が突然、俺の手をそっと握りながら言った。

「私たち、嘘をついていたとは思いませんか」

「いや」、俺はちょっと面倒な気がした。

「安さんは嘘をついてたかもしれませんが、私が話したのは本当ですよ」

「私たち、嘘をついていたような気がするんです」

彼は赤くなった瞼を眼鏡の奥で二、三度瞬かせてから言った。

「私は、私たちぐらいの年の新しい友だちができると、決まってくねくねするものについて話したくなるんです。それで、いつもその話をします。でも、話は五分とつづかずに終わってしまうんです」

俺は彼が何を言いたいのか、わかるような気も、わからないような気もした。

「何か、ほかの話をしましょう」と、彼がまた言った。

俺は、深刻な話が好きなこの男に一杯食わしてやろうと、また一方では自分の声を自分で聞くことができる酔っ払いの特権を味わいたくなって、しゃべりだした。

「平和市場の前に並んでいる街路灯のうち、東の端から八番目には明かりがついてないんです……」

彼が少々面喰った様子を見せたので、俺は調子に乗って話しつづけた。

「それに、和信百貨店の六階の窓のうち、三つだけ明かりがついてました」

今度は俺の方がびっくりした。安の顔に、驚きうれしがる輝きが現われたからだ。

彼が早口でしゃべりだした。

「西大門《ソデムン》のバス停には、三十二人の人がいますが、そのうち女は十七人、子ども五人、若者二十一人で、老人が六人です」

「それは、いつのことです？」

「今晩、七時十五分現在です」

「そう」と、俺はさっきまでの絶望的な気分の反作用のように、やたらに気分が良くなって、べらべらしゃべりだした。

「いつのこと？」

「団成社《タンソンサ》【＊】の脇の路地を入ると、最初のゴミ箱にはチョコレートの包み紙が二枚入っています」

「この前の十四日夜九時現在です」

「赤十字病院の正門前にあるクルミの木の枝は一本折れています」

「乙支路《ウルチロ》三街の看板のない飲み屋に、ミジャという名の若い女が五人いますが、その店に入った順に長女のミジャ、次女のミジャ、三女のミジャ、四女のミジャ、末っ子のミジャと呼ばれています」

「でも、それじゃあ、ほかの人も知ってるでしょうね。その店に行ったのは、金さんたった一人っていうわけじゃないでしょうから」

「あっ、そうか、そうですね。そこまでは考えなかった。私はその中で長女のミジャと一夜を共にしましたが、翌朝、物売りの女がきた時に彼女は稼いだ日銭で、私にパンツを一枚買ってくれました。ところで、彼女が貯金箱にしている一升瓶には、百十ウォン入っていました」

「その話はいいですね。その事実は、完全に金さん個人の所有ですから」

俺たちはだんだん互いを尊重しあう話し方になっていた。「私は……」と、二人同時に話しはじめることもあった。そんな時は代わりばんこに譲りあった。

「私は……」、今度は彼が話す番だった。

「西大門の近くで、ソウル駅行の電車のパンタグラフが、私の視野にある間にきっかり五回、青い火花を散らすのを見ました。それは今晩七時二十五分にそこを通る電車です」

「安さんは、西大門の近くに住んでるんですね」

「ええ、西大門の辺りに住んでいました」

「私は鍾路二街です。ヨンボビルのトイレの戸の取っ手の少し下に、二センチほどの爪の痕があります」

彼は、ハッハッハ、と声を出して笑い、

「それは、金さんがつけたんでしょ？」

俺は赤面したが、うなずくしかなかった。それは事実だった。

「どうしてわかるんです？」と、俺は尋ねた。

「私にもそんな経験があるからですよ」と、彼が答えた。

「でも、あまり気分のいい思い出じゃありません。やっぱり、ただながめて、発見して、そっと胸にしまっておいた方がいいですね。そんなことをした後は、やっぱ後味が良くないし……」

「私は、そんなことをずいぶんやりましたが、かえって気分が良か……」、良かったと言いかけたが、急に今までやってきたことすべてに対する嫌悪感が込みあげてきて、俺は口をつぐみ、彼の意見に同意するようにうなずいてしまった。

するとその瞬間、何か変だぞという思いがした。三十分ほど前に聞いた話が間違いないのなら、今俺の隣で眼鏡を光らせている男は、間違いなく金持ちの息子で、高い教育を受けた青年である。それが、なぜこんなふうにしているんだろう。

「安さんがお金持ちのご子息だというのは事実でしょうね？　そして、大学院生だというのも……」

と、俺は尋ねた。

「不動産だけでおよそ三千万ウォンくらいあれば、金持ちじゃないでしょうか。もちろん、それは親父の財産ですがね。院生だっていうのは、ここに学生証が……」

と言いながら、彼はポケットを手探りして財布を取り出した。

「学生証までは要りませんよ。実は、ちょっと不審に思ったんです。安さんのような人が、こんな寒い晩に、こんなしけた屋台で、私みたいな者だって胸の内にしまっておくようなことを平気でしゃべっているなんて、何か変な気がしたんです」

「それは……そのう……」と、彼は微かに熱をおびた声音で言った。

「それは……まあ、それとして、それより、ちょっと聞きたいことがあるんです。金さんが寒い夜の街をうろつく理由は何ですか？」

「習慣ではありません。私のような貧乏人は、懐に多少金が入った時じゃないと、夜の街に出られませんからね」

「はてと、じゃあ、夜の街に出てくる理由は何ですか？」

「下宿の部屋で、壁を見ているよりはましですから」

「夜の街に出てくると、何かちょっと豊かになった気がしませんか」

「何が、ですか」

「何かが、です。そう、生と言ってもいいでしょう。金さんが今、なぜ聞き返したのか、多少わかる気がします。私の答えはこうです。夜になります。私は家から街へと出かけます。私はあらゆるものから解放された気がします。いや、実際はそうじゃないかもしれませんが、そう感じるということです。金さんは、そんな感じがしませんか」

「どうかな」

「私は、事物の間に挟まれてではなく、事物を遠ざけて眺めるようになります。そうじゃありませんか」

「そうですねえ、ちょっと……」

「いや、難しいなんて言わないでください。例えば、昼間は何気ない顔で通り過ぎていったすべてのものが、夜になると、私の目の前で裸の姿をさらして途方に暮れているんです。でも、それは意味のないことでしょうか。そういったこと、事物を眺めながら楽しむということが、です」

「意味？　それって、何か意味がありますか。私は何か意味があると思って鍾路二街のビルのレンガを数えているわけじゃないんです。ただ……」

「そうでしょう。それは無意味なことです。いや、本当は意味があるのかもしれませんが、私にはまだわかりません。金さんもまだわからないようだから、二人でそれを探してみませんか。無理にでっち上げたりしないで」

「ちょっとびっくりしました。それが安さんの答えですか。私はちょっと面喰っちゃったな。急に意味なんて言葉が飛び出したから」

「ああ、それはすみません。私の答えは、こんなふうに言えるかもしれません。ただ何かが満ちてくる感じがするから夜の街に出てくるんだ、と」

それから、彼は声を低めて言った。

「金さんと私は、お互いに違う道を歩いてきて同じ地点に着いたようです。もし、ここが間違った地点だとしても、それは私たちのせいじゃないでしょう」

今度は、快活な声で言った。

「さあ、ここでこうしてないで、どこか暖かいところへ行って、正式に一杯やり直してから別れましょう。私は一回りして旅館に行きます。時折、こんなふうに街をうろつく晩は、必ず旅館に泊まることにしています。旅館に泊まるというプログラムは、私には最高です」

俺たちはそれぞれ勘定しようとポケットに手を入れた。その時、一人の男が声をかけてきた。俺たちの脇で、杯を置いたまま練炭の火に手をかざしていた男だった。酒を飲みに店に入ってきたのではなく、火にあたりたくてちょっと立ち寄ったという風だった。割にきれいなコートを着ており、髪にはきちんと油もつけていて、カーバイドの灯が揺れるたびに、頭上にちらちらと光を放っていた。だが、定かではないが、どこか貧乏くさい感じがする三五、六歳の男だった。貧弱な顎のせいだろうか、あるいは、ひどく充血した目のせいだったろうか。その男が俺と安のどちらともなく、ただ俺たちの方に向かって声をかけてきたのだ。

「すみませんが、私もご一緒させてもらえませんか。お金はいくらでもありますので……」と、その男は力のない声で言った。

その弱々しい声からして、どうしても同行させて欲しいようには見えなかったが、一方で、俺たちと一緒に行きたいと切実に願っているようにも見えた。俺と安はちょっと顔を見合わせてから、

「ご自分の飲み代をお持ちなら……」と、俺は言った。

「一緒に行きましょう」と、安も俺の言葉につづけた。

「ありがとうございます」、その男はやはり力のない声で言って俺たちについてきた。

安は何か妙なことになったという顔をし、俺にしてもやはりいい予感はしなかった。酒の席で知りあった者同士は、案外楽しく遊べるものだというのは何度か経験してわかっていたが、こんなに力のない声で加わる人はいなかった。楽しくてもうどうしようもないという調子で、にぎやかに割り込んできてこそ、うまくいくものなのだ。俺たちは急に目的地を見失ったかのように、四方をきょろきょろと見回しながらのろのろ歩いた。電信柱に貼られた薬の広告の中の可愛らしい女は、寒いけど仕方ないじゃない、と言ってるような寂しげな微笑を浮かべて俺たちを見下ろしていた。あるビルの屋上では焼酎の広告のネオンサインがしきりに点滅していて、その脇では薬の広告のネオンがうっかり忘れるところだったというように、あわてて点いたり消えたりしながら、長い間輝いていた。今やすっかり凍てついた道の上のあちこちで、乞食が石塊のようにうずくまっていて、その石塊の前を人々は身を縮めるだけ縮めて足早に通り過ぎていた。一枚の紙切れが風に飛ばされ、道の向こう側から飛んできた。その紙切れが俺の足もとに落ちた。その紙切れを拾いあげると、「美女サービス、特別廉価」

を謳うビアホールのチラシだった。

「今、何時でしょう？」と、力のない男が安に聞いた。

「九時十分前です」と、安はしばらくして答えた。

「夕食はもうお済みですか。私はまだなんです。私がごちそうしますから、一緒に行きませんか」と、弱々しい男が今度は安と俺をかわるがわる見ながら言った。

「もう食べました」と、俺と安は同時に言った。

「お一人でどうぞ」と、俺は言った。

「ありがとう。じゃあ……」

俺たちは近くの中華料理屋に入った。部屋に入って座ると、男はまたしきりに何か食べろと勧めた。俺たちはもう一度断った。それでも、彼が勧めた。

「うんと高いものを注文してもいいですか」と、俺は彼の勧めを撤回させようとして言った。

「どうぞ、ご遠慮なく」と、彼は初めて力のある声で言った。

「金は使ってしまうことに決めましたから」

俺はその男が何かたくらんでいるような気がして少し不安だったが、鶏の丸焼きと酒を頼んだ。彼は自分のに、俺が言ったものも加えてボーイに注文した。安は呆れたように俺を見た。俺はその時、すぐ隣の部屋から聞こえてくる女の呻き声ばかり聞いていた。

「あなたも、何かいかがです？」と、男が安に言った。

「いや、私は……」と、安は酔いがすっかり冷めてしまうというように、飛び上がらんばかりに断わった。

俺たちは静かに、隣の部屋の次第に激しくなっていく呻き声に耳を傾けていた。電車のキーキーいう音や、洪水の時の川音のような車の音も微かに聞こえ、時折近くで呼び鈴を鳴らす音も聞こえた。俺たちの部屋は気まずい沈黙に包まれていた。

「ちょっとお話したいことがあるんですが」と、気立てのいい男が話し出した。「聞いていただければ、ありがたいんですが……今日の昼、妻が亡くなりました。セブランス病院に入院していましたが……」

もう悲しくないという顔つきで彼は、俺たちを見つめながら話した。

「そうでしたか」「お気の毒に」、安と俺はそれぞれお悔やみを述べた。

「妻と私は、本当に楽しく暮らしました。妻は子どもが産めなかったので、時間はすべて私たち二人のものでした。裕福ではありませんでしたが、それでもお金ができると、私たちはどこにでも一緒に行って楽しく過ごしました。苺の季節には水原《スウォン》、ぶどうの季節には安養《アニャン》に行き、夏には大川《テチョン》、秋には慶州《キョンジュ》にも行って、夜は一緒に映画を見たり、ショーを見物しようと一生懸命に劇場を訪ね歩いたりもしました……」と、男は言った。

「ご病気は何だったんですか」と、安が注意深く尋ねた。

「医者は急性脳膜炎だと言いました。妻は昔、急性盲腸炎の手術をしたこともあり、急性肺炎になったこともあると言ってました。でも、いつも大丈夫だったのに、今度の急性でついに死んでしまいました……死んでしまったんです」

男はうなだれて、しばらく何かぶつぶつと呟いていた。安が指先で俺の膝をつつき、私らは消えた方がよさそうだと目で合図した。俺も同感だったが、その時男がまた顔を上げてつづきをしゃべり出したので、俺たちは座りつづけているしかなかった。

「妻とは一昨年結婚しました。偶然知りあったんです。妻の実家は大邱《テグ》の近くだと聞きましたが、一度も訪ねてみたことがありません。妻の実家がどこにあるのかも知りません。だから、どうしようもなかったんです」

彼はまたうなだれて口をもごもごさせた。

「何がどうしようもなかったんです?」と、俺が聞いた。

彼は俺の言葉が耳に入らなかったようだ。だが、しばらくしてからまた顔を上げると、まるで哀願するような目つきで話をつづけた。

「妻の遺体を病院に売ったんです。どうしようもなかったんです。私は書籍の月賦販売の外交員にすぎません。どうしようもなかったんです。四千ウォンのお金をもらいました。お二人にお会いするちょっと前まで、セブランス病院の塀の辺りに立っていたんです。妻が横たわっている遺体安置室のある建物を探そうとしましたが、どこなのかわかりませんでした。ただ塀の脇に座って、病院の大きな煙突から出てくる仄白い煙ばかり眺めていました。妻はどうなるんでしょうか。解剖実習の学生たちがのこ切りで頭を切り開き、メスで腹を切り裂いたりするっていうのは、本当なんでしょうね」

俺たちは黙ってるしかなかった。ボーイが沢庵と葱の皿を持ってきて置いた。

「気分が悪くなるような話をして、すみません。ただ、誰かに話さないことには耐えられなかったんです。一つだけ、相談に乗って欲しいんですが、このお金をどうしたらいいんでしょう？　私は今晩すっかり使い果たしてしまいたいんですが……」

「お使いなさいよ」と、安が素早く応じた。

「このお金を使い切ってしまうまで一緒にいてくれますか」と、男が言った。

俺たちはすぐには答えられなかった。

「一緒にいてください」と、男は言った。俺たちは承諾した。

「きれいさっぱり、使ってしまいましょう」

男は俺たちと会ってから初めて笑ったが、依然として力のない声だった。

中華料理屋から外に出た時、俺たちはみな酔っていた。お金は千ウォンなくなり、男は片方の目で泣いてはもう片方の目で笑っていた。安は、逃げる策をめぐらすのにも疲れ果てた、と俺に言い、俺は「アクセントをつける問題をみんな間違えてしまった、アクセント」と呟いた。夜の街は映画広告で見た植民地の街のように寒くて閑散としていた。それでも相変わらず焼酎のネオンサインはせっせと、薬のネオンサインはずぼらに点滅していた。電信柱の娘は「まあまあよね」と笑いかけていた。

「さあ、どこへ行きましょうか」と、男が言った。

「どこへ行きましょうか」と、安が言うと、

「どこへ行きましょうか」と、俺も二人の真似をした。

どこにも行くところはなかった。さっき出てきた中華料理屋の隣に、洋品店のショーウインドーがあった。男はそこを指差し、俺たちを引っぱって行った。三人は洋品店の中へ入った。

「ネクタイを選びなさいよ。妻が買ってくれるんだから」、男が怒鳴った。

俺たちはまだら模様のネクタイを一本ずつ選び、六百ウォンのお金が消えた。俺たちは洋品店を出た。

「どこへ行きましょうか」と、男が言った。

依然として行くところはなかった。洋品店の前にみかん売りがいた。

「妻はみかんが好きでした」と叫びながら、男はみかんを並べたリヤカーの前へ突進した。三百ウォンが消えた。俺たちは歯でみかんの皮をむきながら、そのあたりをうろついた。

「タクシー!」と、男が叫んだ。

タクシーが俺たちの前に停った。俺たちが車に乗りこむと、男は「セブランス!」と言った。

「だめです。無駄ですよ」と、安が素早く叫んだ。

「だめかな?」と、男は呟いた。「じゃあ、どこへ?」

誰も答えなかった。

「どちらまで?」と、運転手がイライラした声で言った。

「行くところがないんなら、早く降りてくださいよ」

俺たちは車から降りた。結局、俺たちは中華料理屋からまだ二十歩も抜け出せずにいた。街の彼方から騒々しいサイレンの音が聞こえ、次第に近づいてきた。二台の消防車が俺たちの前を猛スピードで騒々しく通り過ぎていった。

「タクシー!」、男が叫んだ。

タクシーがすぐ目の前に停った。俺たちが車に乗りこむや、

「あの消防車の後を追っかけてくれ」と、男は言った。

俺は三つ目のみかんの皮をむいていた。

「これから火事場見物ですか」と、安が男に言った。

「だめですよ。時間がありません。もう十時半ですよ。もっと面白くやりましょうよ。お金は、あといくら残ってるんです?」

男はポケットからありったけの金をとり出して、安に手渡した。安と俺は数えてみた。千九百ウォンと銅貨がいくつか、十ウォン札が何枚かあった。

「これで大丈夫です」と、安は金を返しながら言った。

「幸い、世の中には女の特徴だけを見せてくれる女たちがいます」

「私の妻のことですか」と、男が悲しげな声で訊いた。

「妻の特徴は、あまりにもよく笑うということでした」

「じゃなくて、鍾路三街へ行こうと言ってるんです」と、安が言った。

男は安を軽蔑するような笑いを浮かべ、顔をそむけた。そのうち、車は火事の現場に着いた。三十ウォンが消えた。火元は一階の塗装屋だったが、もうすでに二階の美容学院の窓から火が吹き出ていた。警官の呼笛、消防車のサイレン、火の中で何かパチパチする音、水が勢いよく建物の壁にぶつかる音。しかし、人の声はしなかった。人々は火に照らされ、恥をかかされた人のように赤い顔で、静物のようにつっ立っていた。

俺たちは足もとに転がっていたペンキの缶を尻に敷き、うずくまって火事を見ていた。俺は火事がもっと長びいてくれることを願った。美容学院という看板に火がついて、「院」の字が燃えはじめていた。

「金さん、二人だけで話しましょうよ」と、安が言った。

「火事なんて、何てこたぁ、ありませんよ。明日の朝刊で見るものを今晩見てしまったというほどの違いです。この火事は金さんのものでもなく、私のものでも、あの男のものでもありません。私たちすべてのものになってしまいます。でも、火事はいつもつづけて起きるものではありません。そういうわけで、私は火事に興味がありません。金さんは、どう思います?」

「同感ですね」と、俺は適当に答えながら、ちょうど「学」の字が燃えるのを見ていた。

「いや、さっきの私の話は間違ってました。火事は私たちみんなのものではなく、火事はただ火事それ自体のものです。火事にとって私たちは何ものでもありません。だから、私は火事に興味がありません。金さんは、どう思います?」

「同感ですね」

燃えている「学」の字に、ホースの水が勢いよく飛びかかっていた。水が当たったところから、灰色の煙が立ちのぼった。弱々しい男が、急に力強く缶から立ち上がった。

「私の妻です」と、男は明るい火の方を指さしながら、目を大きく見開いて叫んだ。

「妻が髪を振り乱している。頭が割れそうに痛いって、髪を振り乱しています。お前……」

「頭が割れそうに痛いのは脳膜炎の症状です。でも、あれは風になびいている炎です。座ってください。炎の中に奥さんがいるはずがないでしょう」と、安が男を無理やり座らせながら言った。それから、安は俺にささやいた。

「この人、笑わせるね」

消えたと思った「学」の字に、またも火がついているのを俺は見た。ホースの水が再びそちらに向けられた。だが、ホースの水は的を外してあちらこちらに揺れていた。火は素早く、「容」の字を舐めはじめていた。俺は「美」の字まで早く火が移ればいいと願い、その看板に火が燃え移る過程を、大勢いる見物人の中で自分一人しか知らないことを願った。だがその時、ふと火が生命をもったもののように思われて、俺はさっきの願いを取り消した。

何か白いものが、俺たちがうずくまっているところから、燃えさかる建物に向かって飛んでいくのが見えた。その鳩のようなものは火の中に落ちた。

「何か、火の中へ飛んでいったでしょう?」と、俺は安の方を見て尋ねた。

「ええ、何か飛んでいきましたね」と、安は俺に答えてから、今度は男の方を振り向いて、

「見ました?」と、尋ねた。

男は黙って座っていた。その時、一人の警官が俺たちの方に走ってきた。

「あんただね?」と、警官は片手で男を捕まえて言った。

「今、火の中に何を投げた?」

「何も投げてません」

「何だと?」、警官は殴るような振りをして男に叫んだ。

「投げ入れるところを見たんだよ。何を投げたんだ？」

「お金です」

「お金？」

「お金と石をハンカチに包んで投げたんです」

「本当か？」、警官は俺たちに聞いた。

「はい、お金です。この人は、火事場でお金を投げると商売がうまくいくとかいう変な話を信じているんです。まあ、ちょっと頭がおかしいんですが、悪いことなぞ決してできない商人です」と、安が答えた。

「いくら投げたんだ？」

「一ウォン銅貨一枚です」と、また安が答えた。

警官が立ち去ってから、安が男に尋ねた。

「本当に、お金を投げたんですか」

「ええ」

「全部？」

「ええ」

かなり長い間、俺たちはパチパチと火花が弾ける音に耳を傾けていた。しばらくして、安が男に言った。

「結局、あのお金は全部使い切ったわけですね……じゃあ、これで約束は果たしましたから、私たちはもう帰ります」

「さようなら」と、俺も男に別れの挨拶をした。男は俺たちを追ってきて、安と俺の腕を片方ずつ捕まえた。

安と俺は彼に背を向けて歩き出した。

「一人でいるのが怖いんです」と、彼はぶるぶる震えながら言った。

「もうじき通行禁止の時間ですよ。私は旅館に行って寝るつもりです」と、安が言った。

「私は家へ帰ります」と、俺も言った。

「ご一緒できませんか。今夜だけ、そばにいてください。お願いです。ちょっと私についてきてください」

男はそう言うと、俺をつかんでいた腕をうちわを使うように振った。おそらく安にもそうしたのだろう。

「どこへ行こうって言うんです?」と、俺は男に尋ねた。

「宿代を取りに、ちょっとこの近くに寄ってから、みんなで一緒に旅館へ行きたいんです」

「旅館ですか」

俺はポケットの中にあった金を指先で数えながら言った。

「宿代なら私がみな出しますから、じゃあ、一緒に行きましょう」

安が俺と男に言った。

「いや、ご迷惑をおかけしたくないんです。ちょっとだけ、私についてきてください」

「お金を借りに行くんですか」

「いえ、受けとる金があるんです。」

「この近くで？」

「ええ、ここが南営洞《ナミョンドン》なら」

「間違いなく南営洞のようですけど」と、俺が言った。

男が先に立ち、安と俺がそれにつづき、俺たちは火事場から離れた。

「お金をとりに行くには遅すぎませんか」と、安が男に言った。

「でも、受け取らなくちゃ」

俺たちは暗い路地に入った。いくつか角を折れ、男は門灯が点った家の前で足を止めた。俺と安も男から十歩くらい離れて立ち止まった。男がベルを押した。しばらくして門が開き、男が門の中の人と話す声が聞こえた。

「ご主人にお目にかかりたいんですが」

「もうお休みになりました」

「では、奥様は？」

「奥様もお休みですけど」

「どうしてもお目にかかりたいんです」

「ちょっとお待ちください」

門が再び閉まった。安が走っていき、男の腕を引っ張った。

「もう行きましょうよ」

「いいんです。もらわなきゃならないお金なんですから」

安が戻ってきた。再び門が開いた。

「夜分遅く、申しわけありません」

男は門の方に向かって頭を下げながら言った。

「どなたでしょうか」

門から眠そうな女の声がした。

「申しわけありません、こんなに夜遅くお訪ねして。実は……」

「どなたです？　酔ってらっしゃるようですが……」

「月賦の本代をいただきに参りました」と、男は急に悲鳴のような高い声で叫んだ。

「月賦の本の代金をいただきに参りました」

それから男は門柱に両腕を突っ張らせてその間に顔を埋め、わっと泣き出した。

「月賦の代金をいただきに参りました。本の代金を……」

男はなおもすすり泣いた。

「明日、日中にきてください」

門はぴしゃりと閉じられた。

男は泣きつづけた。男は時々「ああ、お前」と呟きながら、長い間泣いていた。俺たちはやはり十歩ほど離れたまま、男が泣きやむのを待っていた。しばらくして、彼はよろめきながら俺たちの方へ歩いてきた。

俺たちはうなだれて暗い路地を歩き、大通りに出た。寂寞とした通りを冷たい風が勢いよく吹きぬけていた。

「ひどく寒いですね」と、男は俺たちを気遣うような声音で言った。

「寒いですね。早く旅館へ行きましょう」と、安が言った。

「それぞれ、部屋を取りましょうか」、旅館に入る時、安が俺たちに訊いた。「それでいいでしょ？」

「みんなで一部屋ってのは、どうでしょう」と、俺は男を心配して言った。

男は俺たちが決めるにまかせるというような態度で、あるいは今自分がいるところがどこかもわからないという態度で、ぼんやり立っていた。旅館に入ると、俺たちはどうしたらいいかわからず、映画が終わって映画館から出てきた時のようにぎこちなく、居心地が悪かった。俺たちには、旅館に比べたら街の方がもっと狭かったわけだ。壁で仕切られた部屋、それが俺たちの入っていくべき場所だった。

「みんな一緒に一部屋ってのは、どうでしょう？」と、また俺が言った。

「私はすっかり疲れちゃいました」と、安が言った。

「別々の部屋で寝ましょう」

「一人きりは嫌です」と、男が呟いた。

「一人で休まれた方がゆっくりできますよ」と、安が言った。

俺たちは廊下で別れ、ボーイが決めてくれた三つ並びの部屋に、それぞれ一人ずつ入った。

「花札でも買って、やりませんか」と、別れ際に俺が言うと、

「私はもう疲れました。やりたければお二人でどうぞ」と安は言い、自分の部屋へ入ってしまった。

「私もくたくたなので。お休みなさい」

男にそう言って、俺も部屋に入った。宿帳には偽りの氏名、偽りの住所、偽りの年齢、偽りの職業を書いてから、ボーイが置いていった枕もとの水を飲んで布団を被った。俺は夢も見ずにぐっすり眠った。

翌朝早く、安が俺を起こした。

「あの男《ひと》、やっぱり死んじゃった」

安が俺の耳に口をあてて、そうささやいた。

「えっ？」

俺はすっかり眠りから覚めた。

「今、あの男の部屋に行ってみたんです。やっぱり、死んでました」

「やはり……」と、俺は言った。

「他の人は知ってますか」

「いや、まだ誰も知らないようです。早く逃げっちゃった方が面倒なことにならないですむでしょう」

「自殺ですね？」

「もちろん、そうでしょう」

俺は急いで服を着た。蟻が一匹、俺の足もとに這ってきた。その蟻が俺の足を捕まえようとしているような気がしてとっさに身をかわした。

早天の外は霰だった。俺たちはできる限り急いで旅館から離れた。

「あの男が死ぬだろうと、私はわかってました」と、安が言った。

「思いもよりませんでした」と、俺は正直に言った。

「私は予想してました」、安はコートの襟を立てながら言った。

「でも、どうにかできたでしょうか」

「そうですね、どうしようもないですね。私には思いもよらなかったけど……」と、俺は言った。

「気がついてたとしたら、どうしましたか」、彼が俺に尋ねた。

「クッソー、どうにもしようがなかったでしょう。あの人、私たちにどうしろっていうんだか……」

「そうなんですよね。一人にしておけば、死なないだろうって思ったんです。それが私が考えた最善の、そして唯一の方法でした」

「あの人が死ぬなんて、思いもよらなかったなあ。くそっ、全く、薬をポケットに忍ばせていたようですね」

霰に打たれる冬枯れの街路樹の下で、安は立ち止まった。俺もつられて足を止めた。彼は、何か妙だ、という顔つきで俺に尋ねた。

「金さん、私たちは確かに二十五歳ですよね」

「私は確かに二十五歳です」

「私もそれは確かです」と、彼は一度首を傾げた。

「怖くなります」

「何が、ですか」と、俺が尋ねた。

「その何かが、ですから……」、彼は嘆息のような声で言った。

「私たち、あまりにも老けこんでしまったようじゃありませんか」

「私たちは今ようやく二十五ですよ」と、俺は言った。

「ともかく……」と、安が俺に手を差し出しながら言った。

「ええ、ここで別れましょう。ご幸運をお祈りします」と、俺も彼の手を握って言った。

俺たちは別れた。折よくバスがきて、俺は向かい側のバス停に走った。バスに乗りこんで窓越しに外を見ると、安は冬木の枝の間から降ってくる霰に打たれながら、じっと何か考えこんで立っていた。


（一九六五年）

【訳注】 ＊団成社《タンソンサ》：映画館名

解説

青柳　優子

本書は、『金承鈺《キムスンオク》小説全集1』（文学トンネ、一九九五年）に収められた作品十五編から作家自らが選んだ十編中九編を訳したもので、日本で編まれた初めての金承鈺作品集である。

本書所収の三編（「ソウル１９６４年冬」と「霧津紀行」、また「乾《けん》」は「秋の死」というタイトルで）は、すでに日本で発表されているが、作家本人の希望で新たに訳出することになった。作品の掲載順は筆者による。

作家紹介

一九四一年十二月二十三日、金承鈺は大阪で生まれた。父の金基善《キムギソン》は日本大学法学部を卒業した人で、母の尹桂子《ユンゲジャ》は大阪に移住した裕福な漢方医一家の娘であったが、一九四五年に帰国して母親の故郷の全羅南道順天市に居を構える。

一九四八年、金承鈺が国民学校（小学校）一年生の年に麗順事件が勃発する。それは済州島への出撃命令を受けて全羅南道麗水に駐屯していた国軍一四連隊が出撃を拒否して反乱を起こし、麗水や順天一帯の地域住民をふくむ夥しい数の犠牲者を出して鎮圧された事件である。半世紀以上経った今も、この地域の人々にとって、この事件は簡単に口にすることのできない深い傷跡を残している。金承鈺の父・金基善もこの事件で亡くなった。三十代初めの若さだった。寡婦となった母も当時二十八歳で、夫亡き後は姑と子どもたち（金承鈺の下に二人の弟と妹が一人いたが、妹は三歳で病死）を養うために文字通り、必死で働き続けた。

一九四九年に順天から麗水に移っていた一家は、翌五〇年六月に勃発した朝鮮戦争で慶尚南道南海に避難し、停戦後は再び順天にもどる。彼は順天で中高時代を過ごすが、当時から大変な読書家として当地では有名な生徒だった。思う存分読書ができるようにと母親は、息子がツケで本を買うことを許し、その本代を月末に一括して本屋に支払っていたという。中学時代には校誌の編集に加わり、コントや随筆を発表している。高校時代は主にフランスの実存主義文学を耽読していたが、部屋に閉じこもってばかりいる本の虫ではなかったようだ。中高時代を通してバレーボール部に所属し、代表選手として校外試合にも出て活躍した。また高校時代は三年間にわたって生徒会長を務めている。

一九六〇年春、四・一九学生革命が起こる直前に彼はソウル大学校文理大学仏文学科に入学する。初めてソウルで一人暮らしとなった彼は生活費、学費などの一切を自力で解決すべく、アルバイトをはじめる。家庭教師をしたりしているうちに、韓国日報が「ソウル経済新聞」という日刊紙を創刊するという広告を見つけ、早速文化部長に連載漫画を描かせてほしい旨、手紙を書く。漫画のサンプルと一緒に送ると、意外にも採用されて金二究（キム・イグ：名前のイグは実家の二九番地からとったという）というペンネームで一九六〇年九月から翌年二月まで一四三回にわたって時事漫画「パゴダおじさん」が掲載された。漫画の連載がきっかけになり、当時「東亜日報」で「コバウおじさん」を連載していた漫画家のキム・ソンファンと親しくなり、午後三時を過ぎると東亜日報社近くの喫茶店で落ち合うのが日課のようになったという。そのため、三時以降の大学の講義にはほとんど顔を出さなくなる。そうこうしている内に文理大学の学生新聞「新世代」に「学園漫評」という漫画を描くようになり、また「新世代」の記者になると、李清俊《イチョンジュン》、朴泰洵《パクテスン》、金光圭《キムグァンギュ》らから同人会発足の誘いを受ける。主に朴泰洵の下宿に集まって月に一度何か書いてくることにしたその集まりが文学を始める第一歩となった、と作家は回想する。

　そして初めて書いた小説「生命演習」が一九六二年一月一日韓国日報新春文芸に当選して文壇デビューを果たす。同年、李清俊、廉武雄《ヨムムウン》らと同人誌「散文時代」を創刊し、本書に収めた「乾」や「妹を理解するために」をはじめ、「幻想手帖」、「確認してみた十五の固定観念」等を発表する。「力士」、「霧津紀行」、「お茶でも一杯」、「ソウル１９６４年冬」などの代表作はいずれも、一九六五年の大学卒業までの間に書かれたものである。「霧津紀行」が「感受性の革命」的作品と絶賛され、また「ソウル１９６４年冬」で第十回東仁文学賞を受賞した彼は、最初の四・一九学生革命世代（またはハングル世代）の代表作家として、その地歩を固める。一九六六年には、「多産性」、「ヤギは力が強い」を発表し、また「霧津紀行」のシナリオ執筆を契機に映画界との関係も始まる。翌六七年には金東仁の「いも」を脚色し、映画製作に意欲を見せる。六八年には李御寧《イオリョン》の「将軍のひげ」の脚本で、大鐘脚本賞を受賞する。小説も中編「私が盗んだ夏」（六七年）、「六〇年代式」（六八年）、また「夜行」と長編「普通の女」を六九年に発表している。だが、一九七〇年にソウル大の同窓キム・ジハが韓国社会の特権層である財閥、国会議員、官僚、将軍たちの腐敗と不正を批判した譚詩『五賊』を『思想界』に発表して投獄されるや、朴泰洵や李文求《イムング》たちと救命運動を始める。裁判では証人となってキム・ジハの潔白を訴えたが、その頃の緊張と恐怖は、後にキリスト者となってから著した『私が会った神様』（二〇〇四年）にも綴られている。

一九七〇年を前後して映画製作への関心を深めていくが、妻の猛反対で映画監督は諦める。そして、生活のために月刊誌『セムト』の編集部長になる。キム・ジハの筆禍事件の起きた七〇年以降、執筆の中心は小説から映画の脚本に移り、七〇年代を代表する脚本家となるが、七七年には「ソウルの月光0章」で第一回李箱《イサン》文学賞を受賞する。

それから二年後の一九七九年に朴正熙大統領が部下によって殺害され、軍事政権は倒れた。そして人々の民主主義社会への渇望はうねりを打つようにさらに高まり、翌八〇年にはソウル駅周辺を人波で埋めた、いわゆる「ソウルの春」を招来した。軍事独裁は終焉し、民主主義の新しい時代がようやくはじまるかに見えた一九八〇年、金承鈺は筆をとり、東亜日報に「塵の部屋」という小説の連載をはじめる。しかし、五月の光州事件の勃発で連載は十五回を最後に中断し、彼は筆を折った。翌八一年、それまで無神論者だった彼は、神の啓示を受けるという宗教的な体験を経てキリスト教に入信し、その後今日に至るまでキリスト者としての活動に専念している。

作品解説

本書に収めた九編の作品は、「彼と私」（一九七二年）を除いていずれも一九六〇年代に、すなわち作家が二十代の頃に書き上げたものである。作家が自らの内的真実を表現しようとして苦闘した作品の時代背景について、まず簡単に触れておきたい。

今から七十年前の一九四五年八月十五日、朝鮮半島は日本の敗戦で植民地支配から解放されたが、すぐさま北緯三八度に境界線が引かれて南北が分断される。五〇年の朝鮮戦争に突入していく過程で朝鮮は、済州島四・三事件や作家の父親も死んだ麗順事件等、すでに東西冷戦の代理戦争とも言える凄惨な内戦状態に引きずり込まれていった。南北合わせて五百万人を超える人が犠牲になったという朝鮮戦争が停戦となったのが五三年七月、作家満十一歳のときだった。戦場から避難していたとはいえ、物心がついて十年近く続いた内戦は、どれほど幼い者の胸にも暗い影を落としたことだろう。

停戦後の韓国はアメリカの傘の下、李承晩大統領が権力を掌握し続けるが、一九六〇年にはそれまでの政治の腐敗と不正選挙に憤って立ち上がった学生たちによって四・一九学生革命が大統領の下野というかたちで成功する。しかしそれもつかの間、翌年五月には軍事クーデターが起きて軍事独裁政権が始まる。政権に批判的な人士は親北勢力のスパイ・容共主義者の烙印が押されて連行され、過酷な尋問に苦しめられることも稀ではなかった。午前〇時から四時までの夜間外出禁止令は段階的に解除されていくが、全面的に廃止されるのは軍事政権が終わる一九八八年まで待たねばならない。金承鈺作品を読む場合にもこの夜間外出禁止令、いわゆる「通禁」を頭に入れておかねばならないだろう。

「ヤギは力が強い」は、戦争の傷跡がまだ生々しい時代、ソウル鐘路の繁華街で母と姉が花売りをして日銭を稼ぐ一家の暮らしを、小学生の「ぼく」がナレーターとなって語る形式だ。「ぼくんち」

は、飼っていたヤギが隣家の親父に殺されたのをきっかけに、ヤギ肉の食堂を始める。大人の男がいない「ぼくんち」の弱みにつけこんで自分を強姦したバス会社の男を「殺してやりたい」と、「ぼく」と二人だけの秘密の話をしていた姉ちゃん。その姉ちゃんが「ぼく」に内緒でその男と会っていたのを目撃して「不潔だ」となじった「ぼく」。しかしその「ぼく」も、バスの車掌となった姉ちゃんを見て、「ヤギは死んでも力が強い。とにかく、姉ちゃんを強くしてくれた」と考え直す。「力の弱い人は、力の強い人に服従するしかない」社会で、姉ちゃんはそれまでの自分から脱皮するように、自分の未来を自分で創造するために行動を起こしたのだった。だが、そんな姉ちゃんの姿をながめるまだ子どもの「ぼく」はうれしくもありながら心許ない。路上に漂う「姉ちゃんのバスが残していった青みがかった煙」のように。

さて、この作品にリズム感を与えている段落初めのリフレーン、「ヤギは力が強い。でも今朝、ヤギは死んだ」であるが、心の中で「ヤギは死んだ」を「ヤギは殺《や》られた」と読みかえてみたら、どうなるか（ヤギは自然に死んだのではなく、隣家の親父に殴り殺されたのだから）。するとそのリフレーンは、ついこの間まで繰り広げられていた戦争の記憶、そのフラッシュ・バックのように思えてくる。「ヤギ」は、戦争で奪われた多くの生命の象徴なのかも知れない。「ぼく」と「姉ちゃん」の成長小説でもあるこの作品は、朝鮮戦争後の韓国実存主義文学の貴重な果実である。

「乾」は、一九六二年に廉武雄やキム・ヒョンなどと創刊した『散文時代』に載せた作品で、本書の中では発表時期が一番早いものである。

この作品の「僕」の家族は、「ヤギは力が強い」の「ぼく」の家族とは反対に、母親や祖母、姉妹といった女の家族がいない。隣の家のユニ姉さんは、「僕」が姉さんと呼んで慕っていても、血のつながりのない「他人」である。「ヤギは力が強い」の「ぼく」が実の姉の強姦事件で見せる憤りが、この作品の「僕」にはない。あるのは、計画していた旅行が挫折してその鬱憤晴らしにユニ姉さんを陵辱しようと企む、兄とその友人たちが入りかけた「大人の男の世界」への帰属意識である。兄の命を果たした後、「僕」は空き家になっているミヨンの家に行く。塀に上って、彼女と地下室の壁にクレヨンで絵を描いて遊んだお屋敷は「真っ黒になっているだろう」と思う。その真っ黒に焼け落ちたお屋敷や罠にはまったユニ姉さんは、いずれも「僕」の心をやさしく包んでくれた女性性の象徴であった。思春期のとば口に立つ「僕」が下した決断によって今や、それはすべて破壊されたのである。ここで、少々奇異な感じを抱かせるタイトル「乾」を想起したい。このタイトルの「乾」は、「乾坤《けんこん》」の坤を伏字にしたものであろう。乾と坤は天と地、陽と陰、男と女を意味している。つまり「乾坤」は、その二つが一つになってこそ、生命が生まれ、世界が生まれるのであって、どちらか一つが欠けてもこの世界はなりたたない。この「坤」が伏字となった「乾」は、女性性の欠落と同時に、分断国家の片割に生きているという認識を示唆するものと思われる。分断国家に投げ込まれた生の不条理は、金承鈺文学の重要なモチーフでもある。

「お茶でも一杯」は、新聞社から漫画の連載を断られて切羽つまった「彼」の姿を軽妙な筆致で描いた作品である。この作品には学生時代に漫画を描いていた作家の実体験が投影されている。連載を打ち切られたからといって、すぐさま次の仕事が探せるものではない。やさしい妻とのつつましくもそれなりに安定した生活が崩れてしまう危機に直面して初めて、薄い壁一枚を隔てた隣室の夫婦の暮らしが身につまされる。「将来自分も妻を殴るようになるかもしれないと、ふと思った。すると、将来迫ってくる、まだ確かめられない多くの日々が恐ろしくなり、彼は泣き声を上げそうになっ」て、妻を強く抱きしめる。

一寸さきは闇の庶民の暮らし、そこに内在するかなしみや不安をユーモアをもってさらりと描いた、可笑しくてかなしい作品である。

「霧津紀行」は「ソウル1964年冬」とともに、金承鈺文学の代表作の一つに挙げられている作品である。「霧津」は、作家が中高生時代を過ごした順天をモデルにした架空の場所である。この作品を書いた頃を作家は次のように回想している。

当時、大学を出ても就職先一つ見つけるのも大変な暗澹たる時代だった。霧がかかって未来が見えない時代、朝鮮戦争で財産も伝統的な価値もすっかり破壊されてしまって誰も彼もが俗物になってしまった、俗物にならなければ生き残れないように思われた時代が、まさに一九六〇年代であり、私の若い時分の状況だった。

この作品は、まさにこの時代を「俗物」として生きるしかない「私」の心の揺らぎを描いたものだ。帰郷した「私」は、故郷・霧津の税務署長に出世していた高校の同級生・趙の家で紹介された音楽教師の河先生と泡沫《うたかた》の恋に落ちる。だが、妻の電報で急遽ソウルに帰ることになり、別れも告げずに故郷を去っていく。「俗物」であることを憚ることなく更なる〝身分上昇〟を図ろうとする趙と所詮「私」も同じ「俗物」ではあるが、それでもまだ「私」には、そんな自分を恥ずかしく思う心が残っている。利己的に生きるしかないと割り切ろうとしても割り切れない現代人の心の一断面を描いた作品といえよう。

「力士（力持ち）」は、一九六〇年代のソウルの貧民街の下宿屋と中流家庭の二カ所で暮らしてみたという若者の話が軸になっている。小説全体はオムニバス映画の趣で、中流家庭での生活の様子は滑稽なまでにデフォルメされているが、時間を支配する者がすべてを支配するものであることのメタファーであろう。

タイトルのとおり、貧民街の下宿屋に住むソさんを描く場面が美しく、断然印象的だ。ソさんは「力士（相撲取りではなく、力持ちという意味）」、それも怪力の持ち主であるが、現代社会ではそんな怪力は「他人より少し賃金を多くもらう」程度の価値しかない。世の中に貢献すべく先祖代々伝えられてきた怪力を、ソさんはちっぽけな日銭のためではなく、先祖の霊のためにだけ使うことを決意したのだった。一般人は通行を禁止された真夜中に監視の目を掻い潜り、ライトアップされた東大門の巨石を持ち上げるソさんの姿は、サルトルの「人生に意味を与えるのは諸君の仕事であり、価値とは諸君の選ぶこの意味以外のものではない」という言葉を想起させる。

「夜行」は、この短編集の中で唯一女性が主人公となった作品である。女性の結婚退職制度が当たり前に思われていた時代、ヒョンジュは同じ銀行で働く同僚とひそかに職場結婚した。相手の収入だけではまだ心許ない経済状態だったからだ。休暇を終えた八月のある日、歩道橋の階段を上がっていた彼女は、見知らぬ男に腕を掴まれて旅館に引きずりこまれ、強姦されてしまう。その事件は彼女の心を大きく揺さぶり、その後、その男のように行動する男を求めて夜の街を徘徊するようになる。

望む男が現れない日々の中で彼女は、自分の求めていたものが「ペテンからの解放」だったことを悟る。では、「ペテンからの解放」へと導くものとは何か。それは、「人間がもつ欲求は、それがどんなものであれ、その内部に一条の強烈な光を放っているという自覚」をもつことであり、その「欲求の席に儀式を座らせようとする」、自らの内部からこみ上げてくる「誘惑」に打ち克つことだという。その「誘惑」とは「花輪を首にかけて手を振りながら笑って死んでいく種族に対する不憫さ」である。つまり、「不憫」と感じる感情そのものが「誘惑」であり、退けるべきものと捉えられる。ベトナム戦争に投入される「米軍式のユニフォーム」を着た韓国軍の若い兵士たちの顔を見て、「わが国の男はまるで軍人には似つかわしくない」というヒョンジュが下した結論」の意味とあわせて考えれば、「条理に合わない感情」(「妹を理解するために」)に陥るまいとする自覚と意志を持つことこそ、「ペテンからの解放」につながる行為を導き出すのだという主張が見てとれる。「感情にもとづいて自分をみちびくことはできない」というサルトルの言葉と響きあう実存主義的挑戦を試みた作品といってよいだろう。

ただし、ヒョンジュが「娼婦のように」「男の手に引きずられるのも可能ではないかと考えた」という箇所では、「男とは…、女とは…」という本質規定をして差別、抑圧する世間に対するヒョンジュ自身の無自覚を曝け出している。女性に対するこうした態度は、「ソウル１９６４年冬」に出てくる大学院生・安にも共通している。サルトルと同じ実存主義に立つボーヴォワールの主張はまだ届かない時代だったことをあらためて感じさせる。

「妹を理解するために」は他の作品と違い、大胆な方法的試みが目を引く作品で、随所にアフォリズム風の表現がちりばめられているのも特徴である。都会から戻ってきて沈黙する妹の帰郷の理由を知るために、「僕」は都会に出る。都会に出る前は「都会が侵犯してこない限り、僕らは故郷を守ることだけで十分満足してい」たはずが、都会に出た後は「都会を離れるにしてもすでに行き場はなく」、「黄昏と海風の中で暮らす人々も、そして『こんにちは』の中で暮らす人々も、誰もが孤独」であることを知る。そもそも現代社会は人々から故郷を喪失させながら成立してきたものであろう。そして、現代人は「理性を誇示して」相手を「あざける」習性をもってしまった。「都会に行って沈黙を学んできたお前は、都会で条理に合わない感情のテクニックだけを学んだ僕より、どんなに立派だったたか」と妹に書きたかった手紙には、金承鈺文学に感知される女性性への希望を表しているようだ。そして、妹に打った祝電にこめられた「僕らのこのあらゆる苦しみの中から産まれたお前は、僕らがそれを体験したという理由で救われる未来人ではないのか」という「祈り」こそ、人間性を剥奪する現代社会に対する作家の芸術的抵抗の姿勢であろう。

最後の二編は、作品が書かれた時期と作品に描かれた時代状況を特に意識する必要がある。

「彼と私」は、偶然「歴史的事件」（一九六〇年四・一九学生革命を指す）のデモに巻きこまれたノンポリ学生の慄きを軽妙なタッチで描いた作品で、本書では唯一七〇年代に書かれた点に注目したい。「自分の明日を発明しなければ」と、アンガージュマンを主張する彼とは対照的に、「経験の与えた一つの棘は警告の最も厳しいものの全部にも値する」というミュッセの格言を思わせる「錆びた釘の教訓」を信奉し、恐怖におびえる「私」の独白が滑稽に響けば響くほど、強大な権力の影が浮上する。この作品が書かれた（一九七二年）頃の韓国は、民主化への熱望が高まる一方で、「大統領特別宣言」（十月十七日、十月維新と呼ばれる）が出されて、政権に批判的な政治活動を目的とする集会やデモが一切禁止され、違反者は令状なしに逮捕された。こうした恐怖政治の下で十二月に「維新憲法」が公布され、大統領は立法、司法、行政の三権を、事実上掌握するのである。そして、その後の七〇年代とは多くの人々が権力のほしいままに連行、投獄、処刑された「長い暗闇の時代」だったのである。

「彼と私」に描かれた時代と執筆した時期の中間にあたる一九六〇年代半ばの韓国社会を描いた「ソウル１９６４年冬」は、一九六五年雑誌『思想界』に発表され、当時最も権威ある文学賞であった「東仁文学賞」を受賞した（この賞を主管した思想界社の創立者だった張俊河《チャンジュナ》は一九七五年山中で変死体で発見され、後に他殺の痕跡が確認された）。つまり、まだ弱冠二十四歳だった金承鈺を一九六〇年代の代表的作家に押し上げた記念碑的な作品である。

厳しい冬のソウル、屋台で偶然出会った三人の男がともに過ごした一晩の出来事を描いたこの作品は暗澹たる雰囲気で覆われている。この暗澹たる雰囲気と関連してこの作品のタイトルに注目したい。「一九六四年」とは、どんな年だったのか。六四年夏（八月）にいわゆる「第一次人革党事件」が起きている。これは日韓国交正常化会談に反対する学生のデモが激烈に繰り広げられたことに頭を悩ませた権力が、四・一九学生革命直後に組織された統一民主青年同盟や社会大衆党等の組織が政府打倒をもくろんで北のスパイの手引きのもとに学生を扇動しているというシナリオをでっち上げ、数十人にも及ぶ人を逮捕して十三名を起訴するという大事件であった（六四年の冬は情報部が血眼になって指名手配者を捜索していたことを、そして翌六五年に日韓条約が締結されたことを、私たち日本人はあらためて想起する必要がある）。

こうしてみると、この作品の冒頭の「一九六四年の冬を過ごした人なら誰でも知っている」ことは、「夜になると街に現れる屋台」と「凍てついた街を吹きすさぶ冷たい風」、その風に揺らぐ「カーバイトの細長い炎」だけでなく、当時の、それこそ誰でも知っている〝出来事〟だったはずである。そう読めば、安の言う「くねくねするもの」や「私たち、あまりにも老け込んでしまったようじゃありませんか」という言葉は、一層意味深長である。「冬木の枝の間から降ってくる霰に打たれながら、じっと何か考え込んで立っていた」という安の姿は、「彼と私」のその後の姿に連らなって見えてくる。時の政権がすべてを決定する社会にあっては、「我々は我々の未来を発明しなければならない」と考え、「それができるのだ」と「信じる」ことは、「反社会的」と見做される。だから、人々は「錆びた釘の教訓」に従って自分の態度を決めようとするわけだが、自らの人生を自らの意志で選択しようとする若者は、その欲求がどんなに「反社会的」なものであっても、その欲求が放つ「強烈な光彩」から目をそらすことが難しい。日本の植民地時代から朝鮮戦争、そして四・一九学生革命、その翌年の五・一六軍事クーデターを経て「在りしすべてはもはやない。在るであろうすべてはまだない」（ミュッセ）という峻烈な現実認識に基づく秘かな芸術的抵抗こそ、厳しい軍事独裁政権を生き抜いた金承鈺文学の特徴であり、今日なお特筆されるべき韓国文学の資産なのである。

＊　＊　＊

末筆ながら、長い間本書の刊行を待ってくださった金承鈺先生に感謝いたします。また、カバーの切り絵を作ってくださった平塚優光さんにお礼申し上げます。

本書出版にあたって韓国文学翻訳院の助成を受けました。

金承鈺　略年譜

1941年　12月23日　大阪で金基善と尹桂子の長男として生まれる

1945年　帰国

1948年　順天南国民学校に入学／麗順事件で父死亡

1949年　全羅南道麗水に引っ越す

1950年　朝鮮戦争勃発／慶尚南道南海に避難。停戦後全羅南道順天にもどる

1954年　順天中学校に入学

1957年　順天高等学校に入学

1960年　ソウル大学校文理大学仏文科に入学／大学新聞「新世代」の記者になる／韓国日報社の「ソウル経済新聞」にアルバイトで漫画を連載

1962年　「韓国日報」の新春文芸に「生命演習」が当選する／李清俊、廉武雄らと同人誌『散文時代』を創刊し、「乾」、「幻想手帖」を発表

1963年　「力士」「妹を理解するために」「確認してみた15の固定観念」

1964年　「霧津紀行」「お茶でも一杯」発表

1965年　ソウル大学卒業／「ソウル1964年冬」を『思想界』に発表し、第10回東仁文学賞を受賞

1966年　「ヤギは力が強い」最初の短編集『ソウル1964年冬』（創文社）を刊行

1967年　「私が盗んだ夏」を「中央日報」に連載／金東仁の「いも」を脚色、監督して映画製作

1968年　李御寧「将軍のひげ」を脚色して大鐘賞脚本賞を受賞

1969年　「夜行」発表

1970年　譚詩「五賊」事件でキム・ジハが投獄されるや李浩哲、朴泰洵、李文求たちと救命運動を展開

1971年　月刊誌『セムト』を編集

1972年　「彼と私」発表

1977年　「ソウルの月光〇章」を『文学思想』に発表し、第1回李箱文学賞を受賞

1980年　「塵の部屋」を「東亜日報」に連載するが、光州事件に衝撃を受けて筆を折る

1981年　宗教的な啓示を得て、キリスト教に入信

1995年　『金承鈺全集』（全5巻）刊行（文学トンネ）

金承鈺（Kim Seung-ok）

4・19世代（ハングル世代）作家と呼ばれ、1960年代の韓国文学を代表する作家。

1941年、大阪に生まれ、1945年帰国。1962年、文壇にデビュー。1965年、「ソウル1964年冬」で東仁文学賞を受賞。1977年、「ソウルの月光0章」で李箱文学賞受賞。

『ソウル1964年冬』（創文社、1966）、『危険な顔』（知識産業社、1977）、『霧津紀行』世界文学全集149（民音社、1980）、『金承鈺小説全集（全5巻）』（文学トンネ、1995）など。

【邦訳】古山高麗雄編「ソウル１９６４年冬」『韓国現代文学13人集』（新潮社、1981）、安宇植訳「秋の死」『韓国現代短編小説』（新潮社、1985）、長璋吉訳「霧津紀行」『韓国短編小説選』（岩波書店、1988）

青柳優子　翻訳家
1997年、崔元植『韓国の民族文学論』で第32回日本翻訳家協会翻訳出版文化賞受賞。
2005年、黄晳暎『懐かしの庭』で第7回韓国文学翻訳院翻訳大賞を受賞。
著書に『韓国女性文学研究Ⅰ』（御茶の水書房、1997）、編訳著書に『朝鮮文学の知性・金起林』（新幹社、2009）、訳書に 黄晳暎『パリデギ』（岩波書店、2008）、白石『白石詩集』（岩波書店、2012）など。

ソウル1964年冬 —金承鈺短編集—

2015年9月11日　第1版第1刷発行

著　者 —— 金承鈺 © 2015年
訳　者 —— 青柳 優子 © 2015年
発行者 —— 小番 伊佐夫
カバー・表紙切り絵 —— 平塚 優光
装　丁 —— 野本 卓司
DTP —— Salt Peanuts
印刷製本 —— 中央精版印刷
発行所 —— 株式会社 三一書房
〒101-0051
東京都千代田区神田神保町3-1-6
☎03-6268-9714
振替 00190-3-708251
Mail: info@31shobo.com
URL: http://31shobo.com/

ISBN978-4-380-15003-6　C0097　Printed in Japan

乱丁・落丁本はおとりかえいたします。購入書店名を明記の上、三一書房まで。